楊照

中國傳統經典選讀 ②

詩經

唱了三千年的民歌

目次

中國傳統經典選讀總序

楊照

一

二〇〇七年到二〇一一年，我在「敏隆講堂」連續開設了五年、十三期、一百三十講的「重新認識中國歷史」課程。那是個通史課程，將中國歷史從新石器時代到辛亥革命做了一次整理，其基本精神主要是介紹過去一百多年來在中國歷史研究上的許多重大、新鮮發現與解釋，讓中國歷史不要一直停留在「新史學革命」之前的傳統說法上，所以叫做「重新認識中國歷史」。

這套「中國傳統經典選讀」的內容，最先是以接續「重新認識中國歷史」的課程形式存在，因而在基本取徑上，仍然是歷史的、史學的，等於是換另一種不同的方式，重講一次中國歷史。

「重新認識中國歷史」由我從上下數千年的浩瀚內容中，依照我的判斷，選出重要的、值得介紹、討論的面向，來呈現中國歷史。「中國傳統經典選讀」則轉而希望降低個人主觀的選擇判斷成分，讓學員能夠從原典來認識、了解中國歷史。

從原典認識、了解中國歷史，牽涉到一項極其難得的幸運條件。兩千多年前的中國文字，兩千多年之後，我們一般人竟然都能不用透過翻譯直接閱讀，光靠直覺就能掌握其訊息大概，再多費點工夫多些解釋，還可以還原大部分的本意。中國古文字和我們今天日常使用的這套文字，有著明顯、強烈的延續性，現代通用的大部分文字，其起源可以直接追溯到《詩經》、《尚書》，少部分甚至還能再上推到甲骨、金文。儘管文法有相當差距，儘管字義不完全相同，但古文字和現代文字在運用上，有著容易對照的規律可循。

這是人類文明的奇特狀態。世界歷史上實在找不到另一個例子，從西元前三千年到現在，同一套文字、同一套符號與意義結合的系統，五千年沒有斷裂消失，因而可以直接挪用今天的文字習慣，來接近幾千年前的文獻。

高度延續性的文字傳統，在相當程度上決定了中國文明的基本面貌，也讓中國社會付出了相對的代價，才造就了現實中我們每個人身上極為難得的能力。我們沒有理由不去認知、善用如此特殊的能力吧！

二

閱讀原典的第一個理由是：中國歷史有其原初的材料，透過這些材料的累積、解釋、選擇，才形成了種種對於歷史的敘述說法。對於中國歷史有興趣的人，聽過了別人給的歷史敘述說法後，應該會想要回到原初材料，一方面看看歷史學者如何利用材料炒出菜餚的過程，一方面也自己去覆按檢驗歷史敘述的對錯好壞吧！

我們讀過課本介紹《詩經》是一本什麼樣的書，也聽過許多從《詩經》中擷取材料來重建西周社會面貌的說法，在這樣的基礎上去讀《詩經》，或許你會發現《詩經》的內容和你原本想像的不太一樣；也可以覆按你原先對西周的認識和《詩經》所顯現的，是不是同一回事。不管是哪種經驗，應該都能帶來很大的閱讀樂趣吧！

閱讀原典的第二個理由是：這些產生於不同時空環境下的文獻，記錄的畢竟都是人的經驗與感受，我們今天也就必然能夠站在人的立場上，與其經驗、感受彼此呼應或對照。也就是，我們能夠從中間讀到相似的經驗、感受，隔著時空會心點頭；也能夠從中間讀到相異的經驗、感受，進而擴張了我們的人生體會。

源於一份史學訓練帶來的習慣與偏見，必須承認，我毋寧比較傾向於從原典中獲取其與今日現實相異的刺激。歷史應該讓我們看到人類經驗的多樣性，看到人類生活的全幅可能性，進而挑戰質疑我們視之為理所當然的種種現實狀況。這是歷史與其他學問最根本的不同作用，也是史學存在、無可取代的核心價值。

三

前面提到，擁有延續數千年的文字，讓中國社會付出了相對的代價，其中一項代價，就是影響了中國傳統看待歷史的態度。沒有斷裂、一脈相承的文字，使得中國人和前人、古人極為親近、關係密切。歷史因而在中國從來都不是一門研究過去發生什麼事的獨立學問，歷史和現實之間沒有明顯的界線，形成無法切割的連續體。

理解歷史是為了要在現實上使用，於是就讓後來的觀念想法，不斷持續滲透進中國人對於歷史的敘述中。說得嚴重一點，中國的傳統態度，是一直在以現實、針對現實所需，改寫歷史。後世不同的現實考量，一層層疊在歷史上，尤其是疊在傳統經典的解釋上。因而我們不得不做的努力，是想辦法將這些後來疊上去的解釋，倒過來一層一層撥開，看看能不能露出相對比較純粹些的原始訊息。如此我們才有把握說，從《詩經》中，我們了解了兩千年前、兩千五百年前中國的某種社會或心理狀況。或是盡量放在周初的政治結構下來呈現《尚書》所表達的周人封建設計，而不至於錯置了秦漢以下的皇帝制價值，來扭曲《尚書》的原意。

意思是，我不會提供「傳統」的讀法，照搬傳統上對於這些文本的解釋。許多傳統上視之為理所當然的說法，特別需要被仔細檢驗，看看那究竟是源自經典原文的意思，還是後來不同時代，因應其不同現實需求，所給予的「有用」卻失真的解讀。

將經典文本放回其產生的歷史時代背景，而非以一種忽略時代的普遍角度，來讀這些傳統經典，是關鍵的前提。也是「歷史式讀法」的操作型定義。

在「歷史式讀法」的基礎上，接著才會有「文學式讀法」。先確認了這些經典不是為我們而寫的，它們產生於很不一樣的時代，是由跟我們過很不一樣生活的先人們所記錄下來的，於是我們就能排除傲慢、自我中心的態度，培養並動用我們的同理心，想像進入他們那樣異質的生活世界中，去接近他們的心靈遺產。

在過程中我們得以拓展自己的感性與知性能力，不只了解了原本無法了解的異質情境；更重要的，還感受了原本從來不曉得自己身體裡會有、可以有的豐富感受。我們的現實生活不可能提供的經驗，只存在於古遠時空中的經驗，卻藉文字跨越了時空，對我們說話，給我們新鮮、強烈的刺激。

正因為承認了經典產生於很不一樣的時空環境，當我們對經典內容產生感應、感動時，我們有把握，那不是來自於用現實的考量，斷章取義去appropriate（套用）經典，而是這裡面真的有一份普遍的人間條件貫串著、連結著，帶領我們對於人性與人情有更廣大又更精細的認識。

四

「選讀」的做法，是找出重要的傳統經典，從中間擷取部分段落，進行仔細解讀，同時以這些段落為例，試圖呈現一部經典的基本面貌，並說明文本與其產生時代之間的關係。

傳留下來的中國經典規模龐大，要將每一本全文讀完，幾乎是不可能的。而且這些文本中有很大部分，和我們今天的經驗有很大的差距，讀了並無助於理解現實，毋寧是讓我們心中產生異質的好奇感。因而我選擇的策略，是一方面從原典中選出一部分現代讀者比較容易有共感的內容，另一方面則選出一部分可以傳遞出高度異質訊息的，讓大家獲得一種跨越時空的新鮮、奇特刺激。前者帶來的效果應該是：「啊，他說得太有道理了！」後者期待在大家心中產生的反應則是：「哇，竟然有人會這樣想！」

解讀的過程中，會設定幾個基本問題。在什麼樣的時代、什麼樣的環境中，產生了這樣的作品？當時的讀者如何閱讀、接受這部作品？為什麼承載如此內容的作品會成為經典，長期傳留下來，沒有被淘汰消失？這樣一部作品，曾經發揮了什麼影響作用，以至於使得後來的其他什麼樣的典籍、或什麼樣的事件、思想成為可能？前面的經典和後面的經典，彼此之間有著怎樣的關係？

這幾個問題，多少也就決定了應該找什麼樣的經典來讀的標準。第一條標準，是盡量選擇具有原創性、開創性的作品。在重視、強調歷史、先例的文化價值下，許多中國著作書籍，是衍生性的。看看四庫全書所收錄的三千五百多種書籍，其中光是解釋《論語》的，就超過一百種。不能說這些書裡沒有重要的、有趣的內容，然而畢竟它們都是依附在《論語》這部書而來的衍生產物。因而我們就知道，優先該選、該讀的，不是這裡面任何一本解釋《論語》的書，而是《論語》。《論語》當然比衍生解釋《論語》的書，具備更高的原創性、開創性。

這條標準下，會有例外。王弼注《老子》，郭象注《莊子》，都大量援引了佛教觀念來擴張原典說法，進而改變了魏晉以下中國人對「老莊」的基本認識，所以雖然在形式上是衍生的，實質卻藏著高度開創性影響，因而也就應該被選進來認真閱讀。

第二條標準，選出來的文本，還是應該要讓現代中文讀者讀得下去。有些書在談論中國歷史時不能不提，像是《本草綱目》，那是中國植物學和藥理學的重鎮，但今天的讀者面對《本草綱目》，還真不知怎麼讀下去。

還有，一般中國文學史講到韻文文體演變時，固定的說法是「漢賦、唐詩、宋詞、元曲」，唐詩、宋詞、元曲當然該讀，但漢賦怎麼讀？在中國文字的擴張發展史上，漢賦扮演了重要的角色。漢朝的人開始意識到外在世界與文字之間的不等對應關係，很多事物現象找不到相應的字詞來予以記錄、傳達，於是產生了巨大的衝動，要盡量擴充字詞的範圍，想辦法讓字詞的記錄能力趕上複雜的外界繁亂光景。然而也因為那樣，漢賦帶有強烈的「辭書」性格，盡量用上最多最複雜的字，來炫耀表現寫賦的人如此博學。

漢賦其實是發明新文字的工具，儘管表面上看起來好像是文章，有其要描述、傳達的內容。多用字、多用奇字僻字是漢賦的真實目的，至於字所形容描述的，不管是莊園或都會景觀，反而是其次手段。描述一座園林，不是為了傳遞園林景觀，也不是為了藉園林景觀表現什麼樣的人類情感，而是在過程中，將園林裡的事物一一命名。漢賦中有很多名詞，一一指認眼前的東西，給他一個名字；也有很多形容詞，發明新的詞彙來分辨不同的色彩、形體、光澤、聲響……等等；相對的，動詞就沒那麼多。漢賦很重要，絕對值得介紹、值得認識，卻很難讀，讀了極端無趣。真要讀漢賦，我們就只能一個字一個字認、一個字一個字解釋，很難有閱讀上的收穫，比較像是在準備中小學生的國語文競賽。

還有第三條標準，那是不得已的私人標準。我只能選我自己有把握讀得懂的傳統經典。例如說《易經》，它是一本極其重要的書，卻不在我的選擇範圍內。儘管歷史上古往今來有那麼多關於《易經》的解釋，儘管到現在都還一直有新出的《易經》現代詮釋，然而，我始終進入不了那樣一個思想世界。我無法被那樣的術數模式說服，也無從分判究竟什麼是《易經》原文所規範、承載的意義，什麼是後世附麗增飾的。遵循歷史式的閱讀原則，我沒有能力也沒有資格談《易經》。

五

選讀，不只是選書讀，而且從書中選段落來讀。傳統經典篇幅長短差異甚大，文本的難易差異也甚大，所以必須衡量這兩種性質，來決定選讀的內容。

一般來說，我將書中原有的篇章順序，當作內容的一部分；也將書中篇章完整性，當作內容的一部分。這意味著，除非有理由相信書中順序並無意義，或為了凸顯某種特別的對照意義，我盡量不打破原書的先後順序，並且盡量選擇完整的篇章來閱讀，不加以裁剪。

從課堂到成書，受限於時間與篇幅，選出來詳細解讀的，可能只占原書的一小部分，不過我希望能夠在閱讀中摸索整理出一些趨近這本原典的路徑，讓讀者在閱讀中逐漸進入、熟悉，培養出一種與原典親近的感受，做為將來進一步自行閱讀其他部分的根柢。打好這樣的根柢，排除掉原先對經典抱持的距離感，是閱讀、領略全書最重要的開端。

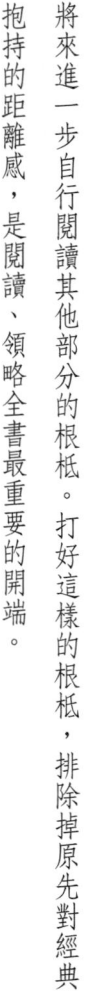

第一章　三千年的民歌

中文的獨特系統

經典都是用文字寫成的。別小看這樣一句聽來像廢話的話。先有語言，然後才有記錄語言的文字，這是人類文明發展的基本模式。不過，中國歷史顯示了，這套模式不必然是通則，而有其例外。之所以今天我們還能夠直接閱讀兩千多年前成書的《詩經》，正源自於這份例外。中國的語言和文字，基本是分開的，中國的文字並不是為了記錄語言而發明的。

中國文字的遠源可以在大汶口文化的陶片上看到，然後到了殷商的甲骨文有了初步成熟的系統。甲骨文有特定功能。那是一套帶有神祕性質的符號系統，用來連結兩個世界——現實世界與祖先所在的超越世界。

拿一片打磨整治好的牛肩胛骨或海龜腹甲，在背面先鑽出不穿透的洞，然後用火在洞底下炙烤，過了一陣子，厚度差異產生不同熱漲冷縮效果，甲骨的表面就會「卜」地一聲爆出裂痕來，這種作法因而就被取名為「卜」。「卜」的目的，是要從不規則的裂痕去解讀出諭示訊息來，「卜」是祖先超越人靈界線給予人世子孫提示指引的溝通管道。不是每個人都讀得懂裂痕所代表的祖先意見，要由具備特殊身分與特殊能力的「卜人」來解讀，「卜人」再將讀出來的意思用文字刻寫在同一塊甲骨上，以便未來覆案檢視預言是否準確，或說，對於卜痕的解讀是否正確。

如果說這種文字和語言有關係的話，那也是和神祕的超越語言，而不是和日常一般語言有所連結。符號明白地寫在甲骨上，然而殷商時期，這些符號有沒有音，可不可以被唸出來，我們並不知道。也就是說，這些甲骨文字很可能是單純以視覺符號的形式存在，很可能類似今天「三太子扶乩」時在沙盤上所顯現的，或師公作法拿毛筆畫出來的「符仔」。

不能因為這些符號是中國文字的起源，我們就理所當然用後世的看法，把它們視為帶有聲音的意義。不是說它們一定沒有，而是我們沒有任何證據證明它們有，在功能上，它們大可以沒有相應的聲音。

並不是所有的符號都是聲符，都有可以唸出來的聲音，甲骨文首先就是一套符號，一套用來記錄不在這個世界的飄渺之靈意見的符號。商人是為了這個目的而發明了甲骨文，而且顯然沒有打算要讓很多人了解、運用這套符號。懂得這套符號，是份本事，更是一種特權身分。就是因為他們掌握了這份別人沒有的本事，抬高了他們的權力地位，他們能比別人更有效、更有把握地與超越世界神靈溝通，取得了使別人不得不臣服、不得不畏懼的特權力量。

從對於早周文化——周人在今天陝西地區興起時留下來的遺跡——的考古探索中，我們清楚發現了周人曾經試圖模仿、甚至竊取商人這份通天地傳遞超越訊息的特權力量。在鳳雛村的遺址中，發現了許多沒有文字的甲骨，以及部分寫得粗糙、歪歪扭扭的甲骨文。我們有理由相信，在民族對抗的關係中，周人為了提升自己的能力與地位，從商人那裡承襲、挪用、甚至偷取了製造青銅器、以甲骨占卜，還有用符號記錄祖先意志的方法。

不過，周人有周人自己的風格與文化，和商人極其不同。所以這些在商人社會中充滿鬼神意義的東西，進入周人社會後，有了根本的改變。原先象徵著來往兩個世界的神祕動物使者的青銅器複雜紋飾，到了周人手中就愈變愈簡化，愈變愈線條化，失去了和動物形象間的連結。

同樣的，甲骨文被周人運用後，也改變了其基本性格。周人保留了文字部分的神祕性質，不過他們更看重的，毋寧是文字的長久性。文字可以抵抗時間，將訊息固定下來，長長久久留存。在周人的手中，文字由記錄、保存超越世界訊息的功能，轉變為記錄、保存人間現世訊息。

很可能就是在周人挪用、轉化的過程中，才確定了文字和語言之間的關係。也就是說，周人採用了商人發明的符號，這套符號本來不是要為語言服務的，卻被周人用來記錄、保留語言。和全世界絕大部分文字系統不一樣，中國的文字不是表音的，文字符號上沒有容易可學的聲音規律，因而如何建立文字和聲音之間的對應關係，就成了一個巨大的文明課題。

這是別的文明沒有遇過、或者是沒有解決過的大課題。就算其他古代文明也採用過非表音的文字符號，遭遇到語、文分離的困難，他們幾乎都快快就放棄了原有的表意文字系統，改用更方便、更合理的表音文字。

是的，從宏觀的人類文明角度看，中國的非表音文字系統很不方便，甚至很不合理。就是因為那麼不方便、那麼不合理，所以中國文字成了獨一無二的特例。

這麼不方便、這麼不合理的文字，竟然能夠成功地建立和語言的關係，竟然能夠傳留下來，不能不說是項奇蹟，也是一項歷史的奇觀。世界上其他文明陸陸續續都走上了表音文字的大道。表音文字最大的好處就在讓文字和語言密切相連，甚至可以說讓文字作為語言的衍生物，語言怎麼說，文字就按照語言的聲音怎麼記。只要學會二十六個字母，學會字母作為聲符，與聲音之間的對應關係，我們就懂得了如何將聽到的英語，化為筆下寫的，可以傳送到空間與時間上的遠方的文字。

中文從來沒有走這條容易的路。中國文字先有了自己的邏輯，和語言平行發展，到了西元前一千年前左右，才轉而讓這套原本不是依照聲符原理設計的文字，用來記錄語言。中國文字在轉用於記錄、傳鈔語言之前，已經確立了其神聖性。即使被運用到記錄、傳鈔語言後，這份神聖特質仍然保留著。於是中國文字和語言的相互關係，就和其他文明的表音文字系統中的關係，大不相同。

表音文字系統中，語言是主，文字在後跟隨、追摹。語言變化了，文字就跟著變化。因而文字被視為語言的不完美替代品，文字是複製的，語言才是真本真品。但是在中國的系統中，卻是文字地位高於語言，語言是暫時的、方生方死方死方生，要靠文字才能取得定性，才能抵抗時間，不再變化，也不會傾頹磨滅。

三千年前，中國人使用什麼樣的語言？他們從嘴巴裡發出什麼樣的聲音來表示「吃飯了沒？」這個意思？我們不知道。三千年前的中國語言，已經徹底消失了，無從還原。那樣的聲音，沒有用任何形式傳留下來，也沒有留在文字裡。

文字裡記錄的是「曰稽古若堯」，但這絕對不是兩千多年前，中國人說話的方式。文字並不是忠實記錄語言本身，而是用文字的邏輯將語言傳鈔、改寫了。還有，非表音的符號，也就沒有留下關於兩千多年前這幾個字怎麼發音的證據。

但他們要表達的意思留下來了。而且他們表達意思的方式保存在文字中留下來，一留留了幾千年，一直到二十世紀白話文興起前，沒有太大的變化。起司馬遷於九泉之下，讓他對兩千年後的梁啟超說話，兩人絕對無法溝通，連猜都無從猜起。但是讓他們兩個人用文字寫下自己想講的，那就除了極少數特殊語詞外，兩人可以快速、直接、充分溝通，一點問題都沒有。

周朝人如何唱歌

我們不知道兩千多年前的人怎麼說話，然而因為有《詩經》，所以我們知道周朝的人怎麼唱歌。

《詩經》收錄的內容，具備高度的歌唱性。《詩經》是中國文字最早和聲音進行結合的例子，不過不是和說話結合，而是和歌唱結合。歌唱的語言，比日常生活說話的語言來得簡單，更要來得規律規則，其中有許多重複，而且有明確的聲音模式。

《詩經》讓我們知道周朝人如何唱歌。不過要小心，一來不能從《詩經》去推斷周人如何說話，二來也不能從《詩經》去推斷那個時代的人都這樣唱歌。

我們無法排除一種可能，說不定周人也曾產生過長篇的史詩，用有韻的語言編寫重要故事，到處傳唱，像古希臘荷馬史詩那樣。如果周文化中產生過長篇史詩，也不會留傳下來。因為他們所使用的這套文字，不方便追摹、記錄長篇的聲音，既不是表音的，符號又複雜難寫。缺乏適當的記錄工具，史詩那樣的聲音藝術，在中國是無從像在古希臘環境中那樣保留下來的。

這套無能記錄史詩的文字，卻還有辦法應付短篇的、四字一句、句子又不斷重複的短歌。讀《詩經》，讓我們了解中國文字系統如何嘗試著去接近語言，如果沒有經過這樣的嘗試，取得了一定的成功，這套文字系統能否在中國建立其主流、至高、唯一地位，都還很難說。在與「歌」的接觸中，當時的人們摸索出辦法來，讓文字至少能夠部分地記錄聲音，並且建立起圖像符號和聲音之間的一些規律原則。

我們很容易可以想像，如果沒有找到文字與聲音間的這些基本關係，迫於功能上的需要，當時或稍後的中國人，很可能會去發明、嘗試另一種不一樣的、表音性的文字，那麼中國文明勢必就徹底改觀了。

《詩經》之後，證明了這套本非為語言而設計的文字，雖然不方便、不好用，卻畢竟還是可以用的。將就將就、妥協妥協，文字和語言就用這種方式連結了。

封存起來的聲韻

《詩經》裡的詩句，絕大多數都是押韻的，我們今天沒有把握能夠復原那些韻的聲音，因為兩千多年來，聲音有了多大的改變，而我們用來查對「韻」的參考書，都是在《詩經》成書超過千年之後才編撰出來的。

目前通用的「國語」，只有四聲加上一點點「入聲」，這是一套相對簡陋的聲音系統。古代漢語至少在聲調上一定比現代語複雜得多。此外，古代漢語使用的聲母和韻母，也和現代語有很大的差距。可以這樣說，現代「國語」在聲音上，恐怕是中國有史以來最簡陋、最單調貧乏的一套系統。

說閩南語、客家話、廣東話的人都知道，這些方言裡的聲調、韻母都比「國語」多得多。為什麼「國語」會在聲音上那麼簡陋？或說，為什麼選了聲音上這麼簡陋的系統來作為統一的「國語」呢？

回答這個問題最好的方法，是倒過來問：相較於「國語」，為什麼這些方言在聲音上都那麼豐富？那是因為如果不動用那麼多聲音，語言裡會有許多同音字，很容易造成誤解，帶來不便。較多的聲調、聲母、韻母，交錯組合後的眾多發音，可以大大降低同音字、同音詞出現的比例。

「國語」中同音字、同音詞的頻率其實高得驚人。言談中，我們經常要靠上下文關係才有辦法判定別人口中發出的音代表的究竟是眾多同音字詞中的哪一個。也有很多時候，我們必須訴諸牽涉到文字的輔助說明，來確定音所代表的意義。例如我說：「沒有異議」，為了怕人家誤以為是「沒有意義」，我得解釋：「是相異的異，和議論的議。」

在聲音組成上那麼簡單簡陋的「國語」，依然能夠使用無礙，是因為大家都已經有了普遍的文字經驗，文字統一了大家對於這些聲音的認知與想像，靠著文字的存在、輔助，大幅降低了同音字會帶來的誤解，也就擴大了對於語言中同音字的容忍程度。

我們無法還原《詩經》的聲音，不過《詩經》的韻文形式，大有助於我們追溯、理解中國古韻的規律。翻開任何一首作品，我們都可以藉由其整齊形式，列出擁有同樣韻母的字。「關關雎鳩，在河之洲，窈窕淑女，君子好逑。」在這樣的句子裡，「鳩」、「洲」、「逑」這幾個字是押韻的，也就是有同樣的韻母。如果遇到了《詩經》中形式上該押韻的字，在《佩文韻府》[1]一類的後世韻書中分在不同的韻裡，或者更常遇到的，用我們今天的念法念起來完全不押韻，那我們就知道中間有了韻上面的轉變，我們也就能夠試著從中整理、探查古今聲韻的改變軌跡與規律。

不一定是大道理

《詩經》是歌，是歌詞。今天的台灣流行歌詞無法充分、準確反映台灣人的生活與普遍的價值觀，因而我們也就沒有道理相信能夠從《詩經》裡充分、準確地掌握周人的生活與想法。

1 《佩文韻府》是清代官修的大辭典。由張玉書、陳廷敬等七十餘人奉敕編修。康熙四十三年至五十年（1704-1711）編纂。全書共二百一十二卷。

《詩經》比較能夠有效反映的，是周人唱歌的情境——當時的人在什麼樣的場合、什麼樣的狀況下唱歌？在歌中表現什麼樣的情緒與內容？什麼樣的事件、什麼樣的情感對他們來說是適合放入歌中的？這些是我們讀《詩經》時應該探問的問題。

讀《詩經》，我們不能忽視歌的形式，包括句子的字數，句子和句子間的連結，同樣句子的反覆規律，以及整首詩如何由重複及相異的句子組成特殊的結構。讀《詩經》，我們還應該特別關心字與音之間的關係，認真看待形象的符號，和口舌發出的聲響，中間是否有些什麼固定的關係？

更重要的，讀《詩經》，不要一開始就掉進傳統的泥沼裡。《詩・大序》、《毛詩》或朱子《詩集傳》的解釋，主張每一首詩都要有「微言大義」，都要有歷史隱射或道德訓誡，往往非但無助於我們接近、認識這些詩，還會讓我們對《詩經》裡的作品產生不必要的距離與厭惡。

讓我們記得，在成為「經」之前，這些作品先是周人傳唱的「詩」、「歌」。當他們唱這些「詩」、「歌」時，絕對沒有想到有一天，其內容會變成「經」，被賦予那麼高的地位，被貼附上那麼龐大的意義。「詩」被抬高成為《詩經》，而「經」的定義就是包藏古代聖賢智慧真理之處，於是後人就一定得要在《詩經》裡讀出配得上古聖先賢的內容。

「經」是記錄大道理的，《詩經》是「經」，所以《詩經》裡一定都是大道理。如此論理是嚴重的時代前後錯置，拿後來的定義來改寫之前的作品，強迫之前的作品要包括後來規定的內容。讓我們去除掉這種錯置，盡量將《詩經》放回其產生的時代環境來予以解讀。

採集民歌與封建統治

《詩經》裡所收錄的詩，約莫是在西周後期陸續以文字記錄下來的，是中國最早的文字作品。編輯成書之後，就成了周人「王官學」傳統中的重要一環，用今天的語言說，是周朝貴族教育中的一門固定課程。詩、書、易、禮、樂、春秋，是當時貴族教育的核心課程。貴族教育為什麼如此構成、如此安排？我們無法從史料上完整回答，但可以透過這些課程的內容，進行合理的推測。

《書》的內容，是古代史，是周朝建立過程中的重大事件紀錄，以及先人對於這些事件的檢討、教訓。周人在自己都意外的情況下大敗了他們眼中極為強大的「大邑商」——商朝，因此積極地尋找自己究竟怎麼贏了的理由，那過程及找到的解釋，包括批評商人迷信鬼神、沉溺酒中的惡習，警惕「天命無常」的憂患意識等等，都收錄在《書》裡。透過《書》，將周人的特殊精神價值傳遞給後世的貴族們。

對應於《書》，有《春秋》，《春秋》是當代史，是國別史。這裡的「國」指的是齊、魯、晉、宋……這些「封國」，每一個封國都有自己的國別史紀錄，原本形式很簡單，每年分春、秋兩大條目，記錄上半年、下半年各發生了什麼大事，所以叫做《春秋》。

《禮》是行為規範教育。是維繫封建秩序所需的規矩和儀式的總和。「禮」最早可能不是以文字、經書的形式存在，而是藉由實際的演練來傳流。所以在孔子的時代，都還普遍有「演禮」的說法。

《易》則是當時貴族教育中的哲學教育。周人一直在思考「天」的問題。「天」最直接卻也最普遍的定義，就是人所無法左右、人所無法企及的超越力量。我們的生活，一部分是「人」，另外有很大一部分是「天」。偶然意外是「天」，巨大無法扭轉的命運也是「天」。對於無法左右、無法控制的因素、力量，該如何理解、如何應對，是教育的重點之一。

那麼剩下來的，是「詩」和「樂」。「詩」和「樂」究竟是一還是二，至今沒有定論，恐怕未來也不會有定論，而且也不太需要有定論。古代音樂沒有任何具體形式的存留，聲音消失了，我們能找到的只有考古出土的少數樂器，另外就是文字上對於這些聲音的追摹描述。因而，我們很難擁有足夠的基礎來討論「樂」。頂多就是從「詩」與「樂」列為「王官學」的重要項目，推斷當時貴族教育中對於聽覺的重視。

那麼，「詩」之教，在貴族教育系統中，扮演什麼樣的角色？要達成什麼樣的效果？為什麼這些歌，關於歌的內容紀錄，會成為貴族教育的一部分，尤其是中間有許多和廟堂儀式不相干的民歌？

傳統中對於《詩經》內容的來源，有一種「采詩」之說。用今天我們對西周封建成立過程的了解，可以這樣解釋「采詩」的意義。周人建立新的王朝，不是件容易的事。不是說我今天打下了朝歌，商王紂死了，於是商人原本統治的區域，一股腦就改成歸我統治了。首先，商朝能夠控制的範圍其實並不廣；其次，商朝對這有限的範圍內的控制強度也很有限。那是一種聯盟共主式的關係，而不是直接的疆域管轄。在周公、成王的時代，周朝設計了新的方式，建立了新的統治模式。

這新的模式，就是「封建」。「封建」的開端，是指定一位宗親或功臣，將一塊地方和一群人民「封」給他，要他帶著這些人去到「封地」，有時是征服、有時是開發，征服、開發之後，還要負責管理經營。那就變成了他和後世子子孫孫所擁有的「封國」。宗親或功臣獲得的「封國」，很可能是一塊遙遠、陌生的地方，要能有效領有這塊封地，剛開始要靠武力，卻不可能一直靠武力、光靠武力。封建領主必須了解這裡居住的是什麼樣的人，得要認真地探訪、了解當地民情，努力試著和他們好好相處。「采詩」，蒐集當地民歌，從民歌中接近人民生活，是一種合理的手段。

這或許真是《詩經》內容的起源，其中或許也就包納了把《詩經》放入貴族教育核心的原因。並不是說《詩經》中的詩，都是如此採來的，而是說因為有這樣的歷史情境，使得周人早早建立了重視民歌、採集民歌的習慣，並將之視為一般貴族必須具備的常識。順著這個邏輯，我們可以進一步推斷，為什麼原本具備神聖性，帶有廟堂珍貴地位的文字，到了周代會被用來抄寫、記錄民間的歌詞。其間牽涉了封建制度運作的功能，封建領主、封建貴族要在封國裡安居，要能有效管理封國的子民，他們當然應該知道那裡的人原本過著什麼樣的生活，做些什麼、想些什麼，並且將這些重要資料保存下來，供後世子孫持續掌理封國之用。

周人建立了民歌與民情之間的連結，相信民歌反映民情，有助於貴族掌握封國情況，所以要「采詩」。但「采詩」怎麼個「采」法？那個時候沒有錄音機，沒有任何記錄聲音的方法，唯一的方法，恐怕只有模仿學唱。然而模仿的過程會有誤差，學習記憶容納有限，還有，歌的記憶會隨時間而磨蝕、失真。很可能就是面對這樣的困境，所以才將原本用在神聖性場合的文字，挪用來模擬、記錄這些聲音。

這是我們今天用歷史的方式，而非遵照傳統說法，重建的《詩經》來源推論。

詩裡的副歌

《詩經》的白文，不包括解釋，有兩萬多字。不過實際讀起來，《詩經》的字句，遠少於兩萬字。那是因為詩中有大量的重複，以一段一段為單位，後面的段落常常只是將前面的段落改了一、兩個字，其他照抄。讀懂了第一段的意思，面對下一段，我們往往只需要辨識、理解那少數改動的幾個字就好了。

詩中的反覆，源自聲音上的趣味。我們今天唱歌，流行歌曲裡也都習慣分主歌和副歌。主歌的每一段有不同的歌詞，副歌卻都一樣，不斷重複，而在KTV唱歌時，一定是唱到副歌時，最多人會情不自禁加進來；唱得最high的，也幾乎都是副歌段落。

《詩經》也有這種類似副歌的反覆。不過有趣的是，《詩經》中出現的每次反覆，都會在字句上有些細微卻有意義的改動。這是《詩經》形式上的重要特色。

反覆中進行的改動，最常見的是轉韻。前面一段用的韻腳，在後面一段中換掉了，如此產生聲音變化趣味，但除了韻腳所在的字之外，其他字句都維持原樣。然而韻腳的字改變了，同時就換成了新的字義，新義與前一段的舊義，共同構成了特殊的層次結構。

今天很多流行歌的歌詞，每一段的意思都差不多，前一段換到後一段，後一段換到前一段，其實不會有什麼影響。《詩經》裡的詩卻不是如此。儘管只是一點點、幾個字的變化，但那變化的字義形成了前後相銜的一套邏輯，先講這個再講那個，其中是有一定道理的，因而雖然每一段看起來有很多重複的字句，卻不能隨便調動次序，一動，詩的井然、漂亮結構就被破壞了。

經過了兩千多年，我們都還可以透過讀《詩經》，接觸到那時候的人的心思，知道他們不是高興唱什麼就唱什麼，唱到哪裡就算哪裡，詩中的順序層次，充分反映出了他們的感官與思考方式。

從這個角度讀《詩經》，我們自然會著迷於究竟是什麼樣的生活，什麼樣的世界觀，使得他們對於觀察、描述現象與感情的次序、層次，如此在意，卻又如此自然。

《詩經》裡的詩，留給我們另一個深刻的印象，就是這裡面幾乎沒有單純的「人事」。他們從來不單純地、直接地談論、詠唱人做了什麼。在描述人與人之間的互動、描述人與事之間的關聯時，總是不斷穿插外界的環境，尤其是大自然的現象。《詩經》中也很少以描寫風光景物為主的詩，詩的主要核心都是講人，講人身上發生了什麼，可是詩的開頭、中間或結尾，一定會穿插描述環境、自然的字句，但這些環境、自然的元素，和詩中的人事主體，究竟有著什麼樣的關係，卻往往沒有那麼直接、清楚，於是去感受、去思考人事與自然的連結，便成了閱讀《詩經》的一大樂趣。

「風雅頌」與「賦比興」

傳統中解釋《詩經》，一定要提到六個關鍵字，那是「風雅頌」和「賦比興」。「風雅頌」是《詩經》裡的三種不同文類；「賦比興」則是《詩經》寫作的三種手法。「風雅頌」牽涉到詩的來源及詩的功能，是周代就存在的分類，也可以從《詩經》作品本身差異上得到內證，是我們了解《詩經》的重要線索。然而，「賦比興」卻是後來才附加在《詩經》上的解釋，因而與《詩經》本身的關聯，其實沒有那麼強。

排除掉先入為主的概念，回到《詩經》的白文上，我們會發現「賦比興」的分類，充滿問題。「賦」是直接講一件事，「比」是拿一樣東西來比喻另一樣東西或另一件事，「興」呢？「興」是這裡提一個現象一樣東西，接著講一件事或另一樣東西，然而兩者之間，沒有明確的比喻關係，沒有一眼看得出的關聯。

傳統上會將某一首詩歸為是「賦」、是「比」還是「興」，這種分法大有問題。《詩經》裡的詩，很少有單純屬於一種寫法的，有太多詩句根本無法區分究竟是「賦」是「比」還是「興」。詩人吟唱出這些詩句時，心中完全沒有「賦」、「比」、「興」的想法，我們卻硬要拿這樣的概念去套用、限制作品的風格，不太對吧！

即使是傳統裡被歸為「賦」體的詩，多半也都有前面提到的景物或自然現象穿插其中。詩裡寫了門外一棵樹，接著寫門裡一個人的行為或感覺，照傳統說法，如果樹是樹，人是人，分開講樹和人，那是「賦」；如果拿樹來比喻人，那是「比」；要是樹和人之間有若有似無，不確定的關係，只是拿樹來做個開頭，帶出人來，那就是「興」。然而，我們需要如此定死樹和人的關係嗎？又有多少句子，多少首詩，真正可以讓人有十足把握定死這個和那個的關係，沒有疑義、沒有曖昧、沒有模稜兩可？事實上，疑義、曖昧、模稜兩可，往往可以提供我們更豐富的閱讀想像經驗吧？

傳統「賦比興」的規定，會破壞我們對詩句的聯想感應。傳統上告訴我們「關雎」這首詩屬於「興」體，也就是前一句「關關雎鳩，在河之洲」和後一句「窈窕淑女，君子好逑」之間，沒有直接的意義聯繫。所以我們應該將「關關雎鳩」擺到一邊去，光看「君子好逑」這件事就好。這樣先入為主的閱讀指引，好嗎？難道不是應該由讀者來詮釋、來決定「關關雎鳩」和「君子好逑」之間的關聯嗎？這不是一個讀者在閱讀上的基本權利、基本樂趣，甚至是基本責任嗎？

我寧可大家回到一個少點成見的原點上去接觸這些詩，知道當時的詩、歌中，不習慣直接敘事、直接詠物，而有很多迂曲的表達手法，去注意到迂曲手法產生的效果，如此就夠了。

回歸到閱讀文學作品的基本態度，我們尊重《詩經》中每一首詩的完整性，先假定詩人歌者之所以這樣寫、這樣唱，在他創作的剎那，是有意義的。我們就是要從詩的本身，去追索還原詩人歌者的設計意念。或者說，我們將每一首詩視為詩人歌者跨越兩千多年時空，對我們的邀請、召喚，問我們：「你感受到什麼？」「你察覺到什麼？」「你注意到什麼？」……。

聲音與文字的規律

《詩經》的作品中，經常出現「語詞」——只有和諧聲音與整齊節奏，而不帶任何特定意思的字詞。「語詞」的存在，再度提醒了我們此時原初中文系統中，語言聲音的規律，和文字意義的規律，還沒有完全對上。「四言詩」，每句固定四個字，代表四個聲音，卻並不是四個字都有意義。也就是說，很多句子其實只有三言、甚至兩言，要靠「語詞」才能使其在聲音上擴張成符合形式的四言。

那時候還存在著這樣的曖昧空間，並不是每個文字符號都有對應的文義；那時候還能容許一些文字符號是純聲音性的，墊襯在句子中方便製造整齊的聲音效果。到了東周之後，中文裡單純聲音性的字詞，明顯減少了。「之乎也者」有聲音上的襯墊效果，但這些助詞的每一個字，都有其文法上的特殊功能，是文義的一部分，不會只是發揮聲音上的作用而已。

《詩經》成文的時代，經過甲骨、金文幾百年的發展，中國文字系統已經很成熟了，然而文字用來記錄聲音的經驗，卻相對短淺，所以留有較大的試驗空間，尚未完全定型。

這些詩，先以歌的形式存在，應該是為了配合旋律，所以有重複的部分，所以需要每句有整齊的節奏。也因為先以歌的形式存在，所以詩裡面大部分都是小事件、小感情，一般長度有限，沒有大敘事，也不承載大道理。

影響所及，中國文明中以聲音為主的文學表達，一般都比較短小。唐朝的「絕句」是最極端的，二十個字、二十八個字，就構成了一首詩。律詩也不過只有四十個字、五十六個字。愈是短小精簡的韻文，其地位反而愈高，追溯這種價值觀的來源，至少有一部分，畢竟是和中國沒有發展出表音文字，無法方便直接記錄聲音的特殊情況有關的。

三種文類

《詩經》一共包括三種不同的文類——風、雅、頌。其中數量最多，內容最豐富的，是「風」，屬於民間歌謠的性質，也就是和前面所說的「采詩」關係最為密切的部分。「風」又稱「國風」，那是因為正式的篇章排列上，多數標示了這些歌謠所來自的封建之國。「風」一共收錄一百六十首——占《詩經》總數三百零五首超過一半的分量——分在十五篇中，每篇有個地理名稱作為標題。

十五「國風」分別是：周南、召南、邶、鄘、衛、王、鄭、齊、魏、唐、秦、陳、檜、曹、豳。這裡面的衛、鄭、齊、衛、唐、秦、陳、曹，可以確定是封建之國；豳、邶、鄘是地名，而不是國名；「王」則是泛稱周王都附近的區域。所以其實並不是嚴格以「國」為其分類，為什麼會這樣，沒有清楚可信的答案。

十五國風開頭的兩篇，是「周南」和「召南」。「周」、「召」二字接連出現，在周代文獻中極為常見，例如在西周建立上居有大功的「周公」、「召公」。「周」、「召」是周代兩個重要的系譜支脈。周公的封國在魯，召公的封國在晉，可是《詩經》中沒有「魯風」，沒有「晉風」，卻有「周南」、「召南」。

一種說法是：「周南」指的是魯以及魯南方的眾多小國，「召南」指的是晉以及晉南方的眾多小國，是這些區域裡流行的歌謠。還有另一種說法，則認為「南」字並不是南方的意思，而是指稱一種歌唱的形式，主要是以合唱的方式來表現的。

十五國風之外，有「大雅」、「小雅」，這些還是歌，不過是貴族之間宴客時使用的歌。那是正式場合，有人請客有人來拜訪時，奏起樂演唱的歌。「大」、「小」指稱分辨應用場合的正式程度，然而不論「大雅」或「小雅」，都是配樂的。「國風」中的詩，恐怕大部分是清唱的，沒有器樂伴奏，但「雅」則是多半有器樂相伴，只是這些音樂今天都失傳了，也有人主張，「王官學」貴族教育項目中的「樂」就是配合「雅」的音樂，貴族們需要學會這些音樂，以便在宴饗酬酢時不失禮地運用。

第三類的作品，是「頌」。「頌」是明顯經過文人整理的口述集體歷史，或集體精神教育。其性質接近《尚書》的口語版，比較好發音記憶的版本，讓人能夠朗朗上口而更容易吸收、內化其中對於過往歷史教訓的整理。

第二章　貴族的基本教材

從關雎開始

《詩經》開頭第一首詩，標題叫做「關雎」。《詩經》的通例，大多是以詩開頭的前面兩個字，拿來當作標題，然而若第一第二是兩個重字，同樣的字，那就只取一個，配上第三個字組成標題。或者前面的字是虛詞或語詞，那就跳過，取後面的實字來做標題。另外有少數是以詩中比較重要的字詞，挑出來當題目的。

「**關關雎鳩，在河之洲；窈窕淑女，君子好逑。**」這詩主要說的「人事」，是「窈窕淑女，君子好逑」，一個有身分有地位的男人，因為有身分有地位所以理所當然應該替自己找到適當的配偶，要去追求他愛慕的女人。這件事貫串全詩，然而，詩的開頭，卻是從大自然的現象講起。而且大自然的現象，是有順序的，先「關關雎鳩」，聽到鳥叫聲，然後才看到鳥在河中的沙洲上。「關關」是水鳥的鳴聲，「關關、關關」的聲音熱鬧叫喚著，引人將注意力放到聲音的來源，於是在河洲上看到了鳥的影蹤。

讀《詩經》的詩，不只是前面的句子，會影響我們對後面句子的理解；倒過來，經常後面的句子，也會給我們暗示，回頭改變了對於前面句子的看法。詩句很簡要，不會把細節都交代清楚，然而將人事與自然並列時，就必定會在我們心中刺激出衝動，補上從這裡到那裡的不同環節想像。

因為後面講的是「窈窕淑女，君子好逑」，我們理所當然回頭想到，河洲上水鳥為何而鳴？牠們所發出來的，不也就是求偶的鳴聲嗎？雖然文本上沒有明寫，但在讀者的心象上，發出叫聲的鳥，就不會是單獨一隻。我們也就彷彿聽到了水鳥的對唱。如此前句和後句的意思就有了貫通之處。

「參差荇菜，左右流之；窈窕淑女，寤寐求之。求之不得，寤寐

思服。悠哉悠哉，輾轉反側。」受到了河洲上求偶鳴唱的鳥兒刺激，公子想要追求心目中的好女孩，那個女孩有多好呢？好到讓這個公子醒著時想她，睡了入夢了也還是想她。為什麼這麼想？因為求之不得，得不到好女孩的青睞，所以醒也想、睡也想。在這裡，「思」字是語詞，「服」才是「想念」的意思。

「寤寐」兩字都屬「爿」部。用白話，我們將「寤寐」說成是醒和睡，但其實不太對，至少不太精確。上班坐在會議室裡，我們是醒的，卻不是「寤」，「寤」特定指躺在床上卻醒著的狀態，想睡覺去躺在床上卻無法睡著的狀態。「寤寐」連說，在床上時醒時睡，那才連繫上了後面的「悠哉悠哉」。

這裡有古今語意的變化。今天我們說「悠哉悠哉」，是形容人很自在輕鬆的模樣；但古代的用法上，「悠」的本意是用來描述我們對於時間長度的感受。胡蘭成在用日文寫成的《心經隨喜》中說：「悠久」、「悠久」，西方人可以了解「久」，那是物理上的時間長度，卻不容易了解「悠」，因為那是中文裡特別用來指稱主觀對於時間的領會。用胡蘭成的話說：有時這種心理、感受的時間，比物理的時間更絕對。

三分鐘可以是短，也可以是長，不是由物理上「滴答」跳了一百八十次來決定的。所以「悠哉悠哉」講的就是這種主觀心理的漫長感受，在想念中，即使上了床也都睡睡醒醒，頻頻翻身（「輾轉反側」），感覺到夜之時光悠悠，總也過不完。

這樣講，詩的意思就很清楚了。換句話說，如果將「參差荇菜，左右流之」從詩裡拿掉，好像也不會影響、改變詩所要傳達的訊息吧！「荇菜」是漂在水中的植物，長長短短，而且因為在水中，搖曳不定，視覺上看來格外不整齊，格外難以捉摸。荇菜不見得剛好在離岸很近，探手可得的地方，若是在較遠的水中央，那我們就得彎下腰來用手反覆撥水，藉由水流的力量，讓荇菜靠近過來，這叫做「左右流之」。

是的，這八個字和後面六句，沒有必然關係。然而當你心中浮現一個人蹲在岸邊左右撥水想讓荇菜靠近過來的形象，再讀到「悠哉悠哉，輾轉反側」，不可能不感受到這兩者之間有著巧妙的呼應，像是一種視覺或心情上的押韻。

接下來的詩句是：「**參差荇菜，左右采之；窈窕淑女，琴瑟友之。**」就將荇菜與淑女的關係拉得更近了。「采」古音「ㄘˇ」，「友」古音「ㄧˇ」，兩個字是押韻的。前面說的，是左右撥著水，讓荇菜靠近過來，這裡進一步就說，等到荇菜被水流帶來岸邊了，就可以從水中採撈上來了。講荇菜的兩段話，是連續動作，先「左右流之」，「流」過來了，才能「采之」。

於是就有了像電影裡「平行剪接」的效果。跟採荇菜動作平行對剪的，當然就是君子追求淑女的事。前者的連續動作因果邏輯，也就透過平行對剪感染到後者。平行讀來，那也就是：就像採荇菜要先「流之」一樣，追求淑女，應該先「琴瑟友之」，用琴瑟之聲的音樂，讓淑女感覺親近。

再回到荇菜的鏡頭，「**參差荇菜，左右芼之**」，「芼」字有兩種解釋，一種是揀擇的意思，將荇菜撈上來了，從中間挑出比較好的；另一種說法是燒熟的意思，那就是把撈上來的荇菜帶回家煮。不管是揀擇還是燒煮，這段說的，顯然都是延續上一段而來的動作。「流之」之後「采之」，「采之」之後「芼之」。君子對於淑女的追求，也有相應的前後延續。

剛開始是動了念頭想要追求，再來就嚴重相思，想念到睡不著覺，還好想到了一種方法，藉由音樂來接近她，到這裡，「**窈窕淑女，鐘鼓樂之**」，「樂」字因為和「芼」字押韻的關係，唸做「ㄌㄠˋ」，「琴瑟友之」之後，仍然以音樂來進一步取悅這位淑女，這是字面上直接的意思。不過因為在周代，鐘鼓在儀式上有特別的運用慣例，一般常將「鐘鼓」拿來當作喜事、熱鬧場合的代名詞，因此若將這一句解釋為進一步敲鑼打鼓將淑女娶回家了，也是合理的，若這樣解釋，那麼對於上句的「芼」字，也就傾向解為「燒熟」，前後兩件事的對照就更緊密了。

桃樹的變化

其次讀〈桃夭〉。這是一首比〈關雎〉更短、更簡單的詩。

「**桃之夭夭，灼灼其華，**」「夭夭」是柔嫩、繁茂的意思，在我們眼前有一棵樹葉柔綠、生氣盎然的桃樹，接著我們看到了桃樹上的花

（「華」），像火光一樣明亮醒目。八個字，寫桃樹，同時也寫出了明確的春天氣氛，三、四月間，桃花盛開的季節。

「**之子于歸，宜其室家。**」這個女孩要出嫁了，希望她在新家能夠適應得很好，或對她的夫家會大有幫助。簡單的八個字，因為中文沒有明確的時態變化，所以我們可以把這句話當作是對於事實的描述，那就是「這個女孩出嫁了，到新家之後適應得很好。」也可以把它看作現在進行式或未來式，那麼「宜其室家」就會帶上了期許的意味。

因為前面從「桃之夭夭」傳遞來的春天氣氛，很奇妙的，我們會很自然地直覺認為後面這句應該是現在進行式，所以傳統上的解法，幾乎都說這是祝福女嫁的詩。這又是並列自然現象與人事所產生的特殊聯想效果。

第二段：「**桃之夭夭，有蕡其實；之子于歸，宜其家室。**」和第一段的差別很小。為了換韻，把原來的「宜其室家」改成「宜其家室」，意思上沒有任何改變。第三段：「**桃之夭夭，其葉蓁蓁；之子于歸，宜其家人。**」將「家室」改成「家人」，再換一個韻，和「蓁」字押韻。

看起來好像都是形式上的、尤其是聲音趣味上的變化而已，但仔細一點追究文義，卻又好像沒那麼簡單。「有蕡其實」形容樹上結了大而豐美的果實，然後「其葉蓁蓁」則描述密密麻麻的葉子長了滿樹。從花到果實到果實落了之後的滿樹綠葉，這是時間的進程，藉由樹的變化，感受到時序由初春到季春再到盛夏。有了這樣的季節感在前面提示，那麼本來看起來只是聲音變化的句子，也就給了我們不一樣的印象。

「室家」、「家室」和「家人」，不完全相同，如此排下來，有著和季節進行呼應的層次。出嫁的女孩，剛開始是和夫家，這個「家」發生關係。嫁進去了，開始建立感情，重點就從「家」變化為空間更小、更親密的「室」，在「家」裡有了屬於自己的小單位。再來呢？隨著時間更長，嫁過去的女孩和這個「家」之間就不只是制度性的婚姻關係，必然產生了人與人的關係，人與人間藉著相處而有的個別感情。所以說「宜其家人」。

桃樹的時間變化，誘引我們注意到「之子于歸」的人事，也在同樣的時間之流中。將時間帶進來，於是赫然發現人事這部分的描寫，其實也有相應的井然次序。即便是如此簡單的詩，原來仍然是極其立體的。

採車前子的少婦

再來讀顯示另外一種規律的詩——〈芣苢〉，這首詩一眼就可以看出其形式規律，詩共六句，每句都有上下兩個部分，而每一句的上半部，都是「采采芣苢」四個字；而下半部四個字，其中有三個字，六句都一樣，「薄言……之」。換句話說，雖然排了六個句子，但一句的八個字中，有七個字都重複了六次，每句和其他句子，都只有區區一個字是不一樣的。

這是什麼樣偷懶的詩人做出來的詩啊！六個句子只改了六個字，也能算詩嗎？先別急，讓我們具體讀了內容再來判斷。

「芣苢」是一種植物，俗名叫做「車前子」，最大的特色是會結很多種子，所以古人將「芣苢」視為繁殖力的代表，相信少婦們吃了芣苢，就能感染芣苢的繁殖能力，有助於懷孕生子。這是這首詩的背景。

雖然詩中沒有明說，但是了解了這個背景，我們就知道詩中所描述的，是一群少婦去採芣苢，而且是懷抱著生子期待而去的。沒有男人去採芣苢的。所以這是一首婦女之歌，很可能還是一首合唱曲。詩的聲音本身給我們一種熱鬧感覺，彷彿在眼前看到了一群對於生命充滿期待與活力的年輕女子。

「**采采芣苢，薄言采之。采采芣苢，薄言有之。采采芣苢，薄言掇之。**」「采采芣苢」不斷重複，「之」字指的是芣苢，等於又重複了一次，而中間的「薄言」兩字是語詞、虛字，沒有別的意思。這樣的詩，夠簡單、甚至夠單調，夠無聊吧？根本沒用幾個字，能不貧乏？

先別急著這樣評斷。讓我們理解一下詩字義上說了什麼。第一段的重心，是「薄言采之」的「采」字，讓我們去採芣苢、車前子吧！第二段是「薄言有之」，採了，得到了。第三段，「薄言掇之」，採了有了，卻發現採的過程中有一些車前子掉了下來，所以俯身把掉在地上的撿起來。

後面的三段：「采采芣苢，薄言捋之。采采芣苢，薄言袺之。采采芣苢，薄言襭之。」第四段的動詞是「捋」，這是伸長了手去拔的動作，意思是容易採的都採光了，掉下來的也撿起來了，還不夠，把比較難採的部分也用力拔了。

再下來，「薄言袺之」，這是把寬大的衣襟打開來，形成一個兜，將採來的車前子放進去。最後一句，「薄言襭之」，那是把打開的兜綁起來。

看，一連串的動作，絕對不可顛倒錯亂的次序。先採，採到了高興了，然後注意到地上有採漏了的，去撿起來，再來，覺得採的還不太夠，所以貪心地探長了手去拔較遠枝頭上的果實，終於採夠了，要回家了，就把衣襟打開拿來包車前子，包好了仔細地綁起來。

藉著這樣的次序，動作就有了情感、感受的力量。我們就參與了他們懷抱期待採芣苢的心情，想要多採一點，增添生子的機會，但又不是那麼嚴肅認真，不會帶簍筐去裝，甚至可能是一群人走一走，剛好看到了累累結實的車前子，就臨時起意相招一起採了。如此的氣氛。

真正動用來表達這些意思的字，減省到只有：「芣苢，采之、有之、掇之、捋之、袺之、襭之。」但如果這樣寫，多無趣啊！詩的寫法：「采采芣苢，薄言采之。采采芣苢，薄言有之。采采芣苢，薄言掇之……。」聲音將動作的程序拉長了，更增添了特殊的節奏感。還有「采采芣苢」這樣的複音表現方式，將「采」疊成「采采」放在最前面，自然產生了一種集體行動的聯想，把這首詩念出來，不斷有類似吱吱喳喳的聲音，自然就覺得描述的是一群人，而不是單獨個人的現象。

潔淨的女孩

再來讀〈采蘋〉，採完了車前子，來採水生的花草。

〈采蘋〉代表了《詩經》歌詠的另一種形式，是用問答體表示的，也就是說，歌唱時分成兩部，一部先問，一部再答，然後一部又問，一部又答，如是反覆。

「**于以采蘋？南澗之濱。**」「于以」是問句的開頭，「到哪裡去」的意思。「蘋」是水生類的植物，有點像我們熟悉的布袋蓮，浮在水面，夏末會開出白色的小花，所以有時又叫「白蘋」。到哪裡去採白蘋呢？回答是：到南方小瀑布的邊上去吧！「**于以采藻？于以行潦。**」那又到哪裡去採水草呢？到流水清急的小溪溝裡去採吧！

為什麼如此問？從答案中可以探知。「南澗之濱」和「行潦」，都是水流快速，不會堆積髒污東西的地方，水很清淨，如此一來，就能採到同樣乾淨漂亮的水花水草。還有，「采蘋」採的是白蘋花，顯示這是夏末，天氣仍然炎熱，此時去到小瀑布邊，或涉足進入清水急流的小溪溝中，多麼舒服！

兩句詩裡，就給了我們潔淨及對抗暑熱的清涼感受。為什麼要問？因為要知道你拿來的蘋和藻，是從哪裡採來的，不是隨便的蘋和藻都可以的。

接著，還有別的問題：「**于以盛之？維筐及筥。于以湘之，維錡及釜。**」採來了之後，拿什麼去裝呢？拿圓的和方的竹簍去裝的。裝了帶回來之後，又是在哪裡烹煮的呢？是在大鍋子裡面煮的啊！「錡」是底下有三隻腳，自己可以站著的大鍋，「釜」也是大鍋，但底是圓的，要放在灶上才能用。

喔，不只從哪裡採來的要講究，進一步就連把蘋和藻裝回來和煮熟的工具，也都要講究。四次問答下來，我們就算原本再無知都了解了，採蘋採藻可不像前面採芣苢，這回不是採著玩的，更不是採下來隨便用衣服圍一圍包回來就好了。

為什麼那麼慎重其事？詩用最後兩句問答告訴我們：「**于以奠之？宗**

室牖下。誰其尸之？有齊季女。」煮好了之後放到哪裡呢？到宗廟裡，放在窗下。原來採來的蘋和藻是要用在祭祀，難怪那麼講究。今天一般祭祀中，我們是以神主牌或神像來代表受祭的對象，周代卻不是如此。神主牌上寫著列祖列宗的名字，就代表列祖列宗，這其實正是文字神聖性的一種衍伸產物，至少西周時尚未有。這首詩中最後一句，那個「尸」字，指的就是周代的祭祀風俗中的作法，要找一個人，通常是女性，來代表受祭的祖先。要作「尸」來代表祖宗，這個人顯然要具備特別乾淨、特別漂亮的特質。

所以最後問：是誰在典禮中扮演「尸」的角色呢？是從齊國嫁來的年輕女孩啊！於是前面對於采蘋采藻過程的種種講究，自然就也投射在這位從齊國來的女孩身上，不必再多用字詞言語形容她，一路讀下來，就感受得到她的潔淨與美麗。

詩以問答體呈現，而問答又不只是表面形式，和詩中要營造的情境大有關係。一句句仔細地問，表現了對「采蘋」這件事的重視，不敢掉以輕心。一連串的問句，為了追究要用在祭祀典禮上的東西，是否乾淨、夠不夠乾淨。蘋和藻來源要乾淨，本身要乾淨，裝盛的容器要乾淨，烹煮的鍋子要乾淨，就連擺放的地方，都是在光線透進來，明亮的窗下。這樣的主題從頭貫穿，一直到選出來的年輕女孩身上。

詩一共也只有六句，前五句都用「于以」開頭，唯一的例外是最後一句，不再問「在哪裡」，而問「是誰」，聲音與語意的轉折，都誘引我們特別注意這一句，於是我們也可以將前面所有這些對乾淨、明亮的講究，看作是拿來配襯、凸顯「有齊季女」的，讓人強烈感受到她的乾淨與明亮。

熟讀詩經的太子

西漢劉向編了一本《說苑》[2]，裡面收錄許多過去的故事，在其中〈奉使〉篇，有一個關於魏文侯的故事。

魏文侯的長子擊，按照禮法應該被立為太子，但顯然魏文侯不太喜歡擊，在他還未成年時，就把他封到中山去，讓他離開國都宮城。擊到中山三年，都沒有回到國都，也沒有和父親見面。擊有一個幕客，叫趙倉唐的，就對擊說：「作人子的，三年間都沒有跟父親請安，這是不孝。作父親的，三年都不探問兒子，這是不慈。你為什麼要讓這種不對的情況一直維持下去呢？你要不要派個使者去見父親呢？」

中山君擊說：「我早想這樣做，但能派誰去呢？」趙倉唐就自告奮勇擔任使者，問擊：「那你知不知道父親喜歡什麼？」擊回答：「父親喜歡北狗和晨鳧。」趙倉唐於是帶著北狗和晨鳧前去見魏文侯。

到了魏國王廷，趙倉唐謹慎地請門房傳話，說大兒子擊派了使者來，因為大夫們在上朝，不敢擅闖，能否請魏文侯得空時接見。又將晨鳧送進廚房裡，北狗則交給了負責管寵物的人。

聽了通報，魏文侯很高興，原來兒子知道、記得他喜歡什麼，也就召見了趙倉唐。見了，魏文侯問：「擊好嗎？」趙倉唐「唯唯」，意思是嗯嗯了兩聲。魏文侯又問：「擊沒有什麼問題吧？」趙倉唐仍然「唯唯」。魏文侯覺得不對了，「對我問的問題，你怎麼如此敷衍呢？」趙倉唐這才認真地說：「您已經將我的主人封為『中山君』，卻在我面前直呼他的名字，以是

2《說苑》為西漢劉向編著的歷史故事集，範圍涵蓋先秦至西漢，全書共二十卷。

於禮我不能回答。」

魏文侯嚇了一跳，就換了口氣，問：「中山君如何呢？」這時趙倉唐才正式回答：「我要來時，中山君親自在庭中交付我給您的信。」魏文侯再問：「中山君現在長得比我高了嗎？」可見三年前擊被封到中山時，年紀還很小。趙倉唐的回答是：「不敢和君侯相比，但如果將您的衣服賜給中山君，穿起來應該很合身。」用這種委婉的方式表示擊已經長得跟魏文侯一般高大了。

「中山君平常讀什麼書？」魏文侯問。趙倉唐回答：「他讀《詩》。」魏文侯又問：「那他喜歡《詩經》中的哪幾首詩呢？」趙倉唐顯然有備而來，回答：「他喜歡〈晨風〉和〈黍離〉。」聽了這答案，魏文侯就唸起〈晨風〉：「**鴥彼晨風，鬱彼北林，未見君子，憂心欽欽，如何如何，忘我實多。**」晨風中看到蒼鬱的森林，那經驗雖美，卻撫慰不了因為見不到你給我帶來的煩憂，究竟發生什麼事啊？怎麼會把我都忘了！

唸了這幾句詩，魏文侯感慨地說：「中山君以為我忘了他嗎？」趙倉唐說：「不敢，但他常常想念您。」

魏文侯接著又唸出〈黍離〉詩句：「**彼黍離離，彼稷之苗，行邁靡靡，中心搖搖，知我者謂我心憂，不知我者謂我何求。悠悠蒼天，此何人哉？**」因為心中有牽掛、掙扎，連走路都走不穩，了解我的人，知道是煩憂讓我變這樣，不了解我的人，還以為我有什麼強烈的慾望。老天啊，竟然還有人這樣誤解我！

唸出詩來，魏文侯體會了詩的意思，就問趙倉唐：「中山君在怨我嗎？」趙倉唐用完全同樣的話應答：「不敢，但他常常想念您。」

魏文侯於是將一套自己的衣服裝好了，交給趙倉唐帶回去給中山君，還特別交代：要在天亮雞鳴時送到。趙倉唐照做了，中山君受賜拜領，打開一看，發現下身的裳放在上面，上身的衣反而放在底下，中山君立時說：「為我備車，我要進國都去見我父親了。我的君侯召見我。」

趙倉唐嚇了一跳，連忙提醒：「君侯沒說要你去啊！我離開時他只是給了我這套賞賜的衣服而已。」中山君解釋：「父親給我衣服，不是為了給我禦寒，這是他用委婉、間接的方式要我進城見他。把衣裳顛倒放，要你雞鳴時拿來給我，用的是《詩》裡的句子：『**東方未明，顛倒衣裳；顛之倒之，自公召之。**』」

中山君入國都，魏文侯大喜，擺出宴席來，接著就將擊立為太子。

貴族的對話基礎

《說苑．奉使》中這段故事，讓我們明白了「《詩》之教」在東周時產生的具體效果。擁有貴族身分的人，都必須讀《詩》，對於《詩經》中的句子倒背如流，於是這些詩句就成了他們之間溝通的一套密碼語言（coded language），讓貴族間能夠藉以表達不方便或不適合直接說出的意思。尤其是在封建制度中，有著很嚴密的上下次序，為了維持層級尊卑，必定付出的代價就是人和人間不能有什麼說什麼、高興說什麼說什麼，由《詩經》句子構成的這套密碼語言，因而格外重要、格外有用。

進一步，到了春秋之後愈來愈複雜的列國關係中，這套符碼語言自然地被延伸運用在外交上。當時封建禮法雖然不像西周時那麼井然穩固，已開始逐漸崩壞，但也還沒有像戰國時期那樣赤裸裸地顯示「力」與「利」的追逐對抗，禮法仍然對一般貴族行為有著高度約束力，如此而張出一片外交空間來，較弱的國家，還能夠靠著巧妙運用封建禮法來阻擋強國的侵奪；另一面，有野心的大國，也必須利用封建紐帶關係來發展聯盟，拓展自己的勢力。

涉身外交折衝的人，都受過傳統貴族教育，於是就可以運用《詩經》中的種種典故，在保持禮儀的情況下，暗中角力或暗中拉攏。在這上面，《尚書》或《易經》有時也會被援引利用，但其範圍及頻率，都遠遠不及《詩經》。

如果沒有對於《詩經》內容的共同熟悉，那麼絕大部分的外交辭令就無用武之地了。如果魏文侯不是熟記〈晨風〉、〈黍離〉，當下有感，那麼趙倉唐的奉使策略就注定失敗；如果中山君擊不是熟記〈東方未明〉這首詩裡的句子，那他就通不過魏文侯的考驗，會以為爸爸就只是送他一套衣服而已。

〈東方未明〉出自《詩經・齊風》，第一段就是《說苑》中所引的「**東方未明，顛倒衣裳；顛之倒之，自公召之。**」意思是天還沒亮就起身穿衣服，因為太暗了，以至於把衣和裳都穿顛倒了，唉，之所以會如此錯亂顛倒，那是因為我的國君召見，要去上早朝的關係啊！

第二段：「**東方未晞，顛倒裳衣；倒之顛之，自公令之。**」意思和前一段同樣，只是換了字換了韻，「晞」是微光的意思，東方微光都還未顯露，我就起來穿衣服，以至於穿錯了，都是因為國君下令要召見的緣故啊！

第三段描寫出了門，情況比前面更狼狽。「**折柳樊圃，狂夫瞿瞿。不能辰夜，不夙則莫。**」因為天還沒亮，一時找不到院子的大門，以至於把用柳條編成的籬笆都踩斷了；跌跌撞撞中像個瘋子般驚慌四顧。最後忍不住抱怨：搞成這樣狼狽，都是因為那個負責管事的人，亂訂上朝的時間，不是太早就是太晚啊！

所以這首詩原本是齊國卿士藉由早起慌亂來指責國政安排不當的，和《說苑．奉使》裡的故事，沒有一點關係。這就是「斷章取義」，將詩的一章或一句，換到完全不同的上下文脈絡中來運用。這是春秋時極為常見的作法。「斷章取義」的作法，讓這些詩句的運用範圍更廣，可以用來製造巧妙歧異的空間也就更大。

中國第一部詩歌總集？

不過普遍的「斷章取義」對於後人想要了解《詩經》，卻往往構成了很大的障礙。文獻中留了很多引詩的紀錄，這些後來都成了「傳注傳統」裡的重要材料，於是許多「斷章取義」產生的意義，就被拿來當作是詩原句的解釋，尤其是詩句在政治外交上的挪用，使得每一首詩好像都有政治或道德意涵，刺激出了《詩大序》[3]中的「微言大義」主張，讓讀者都戴上「大義」的眼鏡，很難如實回歸詩的本意。

我們今天離開了這個傳統，可以不必抱持這種先入為主的態度來讀《詩經》。這些詩的內容，原本沒那麼了不起，或說，這些詩了不起的地方，不在於裡面藏了什麼「刺君王」的隱含意義、相傳由哪個了不起的大人物寫成

3《詩序》（或稱《毛詩序》）為《詩經》的序言，是關於《詩經》的研究著作，也是漢代關於《詩經》的重要文獻。其中又分「大序」和「小序」，前者指冠於全書的序言，後者指每篇詩的題解。作者不詳。

的、或拐彎抹角在記錄評論什麼了不起的歷史事件。不，許多詩就是由民間傳唱而來，歌詠的是日常小事件小情感。裡面帶著強烈的庶民精神。

透過《詩經》我們得以窺見周人新建的文化，如何降至下層形成日常生活的根本價值。周人取商人而代之，不是單純、狹義的改朝換代，而是古代中國文明大轉型的契機。從一個崇拜鬼神、經常借助飲酒獲得狂亂超越經驗的文明，轉型成一個清醒、冷靜、隨時保有憂患意識，並且專注關心此世人間的文明。我們也就同時能夠窺知、推想，當《詩經》成為貴族教育的核心部分時，民間價值也就回頭持續影響、規範周代統治者的基本世界觀，如此反覆循環，成了封建秩序的關鍵支柱，連結鎖定上下之間的價值系統，不至於產生階層落差，也才使得周代的封建秩序能夠維持那麼久。

舊時我們的課本上說：《詩經》是中國第一部「詩歌總集」。考試時出了題目：「《詩經》是中國第一部（　　　　）。」我在空格裡填了「詩歌集」，結果就沒有拿到這題的分數。多年之後，我還是對這個答案不服氣，當然不是為了分數，而是為了道理。

「詩歌總集」說法的背景是認定《詩經》收錄了那個時代所有的詩歌。如果有人懷疑為什麼一整代的詩歌，只得三百零五首，大概就會得到「孔子刪詩」的回答，意思是本來《詩經》篇幅比現存的多上許多倍，是聖人孔子以「述而不作」的方式，精選了其中最好最重要的，留下來為今天所見定本。

「孔子刪詩」之說，很難成立。而且就算孔子刪過，就算用最誇張的數字版本說孔子將《詩》從三千首刪成三百首，也都無法證明原版的《詩經》就是「『總』集」。

真正的事實是：我們無從確知為什麼是這三百零五篇留了下來，不知道是依照什麼標準選擇的，也不知道留下來的和消失了的之間有什麼差異，留下來和消失的過程，各是如何。

我們只能從外圍的歷史因素猜測、推論：我們看到的《詩經》，當然不是「總集」，中間經過了編選淘汰的過程，編選淘汰後能夠留下來，長期成為貴族教育教材的，要麼反映了部分周代基本社會、人倫價值；要不然就是貴族有意識地從庶民生活表現中選擇了和他們特別相關的部分。

抱持這樣的立場，我們來檢驗究竟《詩經》中都留下了哪些題材的詩作？跟傳統的解釋剛好相反，大多數的詩，都和國君無關、和大臣無關、和國政無關、和勸諫無關。尤其是「國風」中收錄的詩，以及「小雅」的一部分，都是如此。《詩經》的主體，是表現庶民關懷的，他們關心什麼？關心婚姻、關心家庭、關心與婚姻家庭有關的活動儀式及相關情感。以這個角度來讀《詩經》，反而可以比傳統讀法更容易跨越時代距離，對於周代的人與社會，有更強更深的體認。

我們發現，即使在庶民層次，都種下了封建秩序的根基，家庭、婚姻、人倫，如此重要，吸引了那麼多注意。家庭為主，整個世界是由家庭擴張出去的一套大秩序所構成，顯然是西周上上下下牢不可破的共同信念。這就和甲骨文中呈現出的商人觀念很不一樣，同時也和近東古代蘇美人，或古希臘城邦生活中所反映出的基本價值，大異其趣。

女性的聲腔

另外一件在傳統讀法中經常被忽視、甚至刻意被否認的事實是：《詩經》中充滿了女性的聲音。傳統解釋習慣把女人的聲音、家庭與感情的訴說，扭轉成是比喻、是換喻，是男性作者為了政治鑑戒作用而進行的變裝表演。

《詩經》中許多最精采、最重要的篇章，是用女性口吻表述的。非常有可能，這些篇章原本就出自個別或集體女性歌者的創作。例如前面讀的〈芣苢〉，那種期待生子熱鬧去採車前子的經驗，可能出自男人之手嗎？不太像吧！

還有像〈摽有梅〉，也是一首必須從女性聲音角度來理解的詩。「摽有梅」是打梅子的意思，梅子高高長在樹上，沒辦法用摘的，必須用工具去把梅子打落下來。一開頭：「**摽有梅，其實七兮；**」當我去打梅子時，梅樹上還留有差不多七成的果實；接著說：「**求我庶士，迨其吉兮。**」若有想追求我的男人們，現在是好時候了。

又是如此，「摽有梅」和「求我庶士」，乍看是不相干的兩件事。一件是初春梅子熟了去打梅子，一件是女子長大了，等待有人來追求提親。但只要繼續讀了第二段，我們就知道兩件事其實是一件事。「**摽有梅，其實三兮；求我庶士，迨其今兮。**」去打梅子，這時只剩下三成的果實還掛在樹上，時間晚了，梅子成熟的季節快過了，接著就說：有要追求我的，今天就來吧！

第三段：「**摽有梅，頃筐塈之；求我庶士，迨其謂之。**」去打梅子啦，卻發現根本不用打，梅子都落地了，從地上撿撿就一籮筐，唉呀，要追求我的男生，現在就開口吧！

顯然，前句的「摽有梅」不只是在講打梅子的經驗，同時也提供了後句「求我庶士」的時間序列與時間感。打梅子和女生要出嫁，有同樣的時間變化，剛開始可以從容自得，接著有點急了，不能再慢慢看慢慢來，最終眼看最好的季節過了，就露出迫不及待、甚至氣急敗壞的情緒了。

一個女孩成熟過程的心情，就像打梅子般。剛到了可出嫁的年紀時，心中有許多期待、許多想像，可以在七成的果實中選著打。過了幾年，少了許多期待與想像，如同樹上只剩稀稀疏疏三成果實可供你打了。再過幾年，眼看快過適婚時間了，心情就變成看到滿地都是不值錢的落梅時，那樣的焦急與失望了。

「迨其吉兮」到「迨其今兮」再到「迨其謂之」，直接地傳遞了那份迫近感。這種直接的庶民婚嫁感情，後來就很少在詩歌裡見到，因為後來的禮法認定少女不可以如此明白地自己期待婚姻，必須等待、接受別人的安排。

《詩序》裡怎麼解釋這首詩？「**召南之國，被文王之化，男女得以及時也。**」明明是反映一個女生怕失掉婚嫁之時而有的情緒，卻偏偏要說成因為這個地方受到文王之風影響，所以保持著男女及時婚嫁的好風俗。這樣和詩句明顯相反的說法，竟然成為維持了千年的「正解」，不亦怪哉？

不過也還好有這種「正解」扭曲、掩蓋了詩裡真正表現的女性情懷，才讓如此不符合後世倫理偏見的內容，還能流傳下來。《詩經》的庶民內容，不只被政治化、教條化，還被男性化了，改成用男性中心的角度來讀。

不過詩中有著大量女性聲音和女性情感的現象，就在男性中心的底層被保留下來，沒有完全遺失。後來中國的詩詞，有一個奇特的傳統，一直有一大部分是模仿、模擬女性聲音的。最有名的、最醒目的是「閨怨詩」和大部分的「詞」。雖然作者都是男人，但他們寫起詩、寫起詞來，就理所當然換上了女裝，用女性身分講女性的細膩、哀怨情感。看看歐陽修吧！北宋的大宰相、大知識分子、大歷史學家，然而翻開他寫的詞，大部分都不是用男性的、自己的口氣寫的，都是女性聲音。

這當然和「詞」原本是歌女所唱內容，有很大的關係。不過，此外多少也反映了中國傳統裡被否認，卻沒有消失，長期以伏流存在的詩的根本文類個性。

第三章　庶民生活的切片

閒置的人才

再來讀〈柏舟〉。

開頭仍然是自然景象：「**泛彼柏舟，亦泛其流。**」在水流之中，漂著一艘柏舟。這裡「亦」字是語詞，只有聲音上的作用。柏舟，是用堅實珍貴的柏木所造的小船。也就是說，一艘應該有用、珍貴的小船，卻在水上漫無目的地空泛著。看到這個景象的人，心中難免產生一點驚訝、好奇之感。

然後接了人事的描寫：「**耿耿不寐，如有隱憂。**」「耿耿」二字從火，有發亮的意思，「耿耿不寐」指的是很想睡、很希望自己能睡，偏偏心中如有不熄的火光一直燃著，靜不下來、也暗不下來。為什麼會這樣？因為受著幽微、潛伏的痛苦憂愁折磨。「**微我無酒，以敖以遊。**」我不是沒有酒，可以喝了作樂爽一下。接著上面的句子下來，意思是心底的隱憂讓我睡不著覺，而且這份隱憂還不是喝酒就能予以排遣的。

這隱憂究竟哪裡來的？其內容又是什麼呢？第一件痛苦：「**我心匪鑒，不可以茹。**」我的心不是鏡子，沒有辦法把所有的東西、所有的現象都映照、收納進來。「**亦有兄弟，不可以據，薄言往愬，逢彼之怒。**」我有兄弟，但他們也不是我能依賴的，我去告訴他們我看不慣的事，卻被他們生氣指責。說到這裡，我們有點了解他的隱憂了，顯然他不是個很圓滑、能伸能屈的人，他常遭遇看不下去的事，然而他去跟人家吐露這些抱怨，卻得不到別人的共鳴，就連親兄弟都覺得他太挑剔、或太囉嗦。

因而他有了更多的感慨：「**我心匪石，不可轉也；我心匪席，不可卷也；威儀棣棣，不可選也。**」我的心不是石頭，所以不能轉動。等等，石頭很重呢，可不是一般我們想像很容易轉動的東西。因而這句話是強調地說，石頭那麼重畢竟都還能被轉得動，我的心比石頭還重，是不改變、不能改變的。我的心也不是竹蓆子，不能任意被捲起來。顯然，對於要隨別人的意志或環境的條件而更改心意，他有極強烈的抗拒，無論如何不願意。尊嚴、原則對他而言如此美好、如此重要，是不能挑三揀四，更不可能放棄的。

我們明白了，使得他「耿耿不寐」的「隱憂」，是他無法委屈尊嚴、原則去和別人妥協。我們也明白了，他的兄弟之所以罵他，因為他們也受不了他不通人情世故，脾氣又臭又硬。他是個固執於自我信念的人。

「憂心悄悄，慍於群小；覯閔既多，受侮不少。靜言思之，寤辟有摽。」「悄悄」連字，是發自唇間的聲音，聲音本身便帶有尖刺的感覺。相應地字義上就用來形容像是有東西在心頭反覆刺著的擾痛。「憂心悄悄」不得安寧，因為我得罪了身邊眾多小人。為此付出很大的代價，既要承擔龐大壓力，還要蒙受他們的侮辱。「言」也是無義的語詞。夜深人靜時想著，

「靜」字既呼應前面的「耿耿不寐」，也呼應後面的「寤辟有摽」，指的是躺在床上的夜間狀態，正因為「靜」，所以製造了「寤辟有摽」的戲劇性對比。被隱憂所苦，輾轉難眠，實在睡不下去，醒過來就痛苦地拍打自己的胸口，發出啪啪的聲音。

「**日居月諸，胡迭而微？心之憂矣，如匪澣衣。靜言思之，不能奮飛。**」「居」、「諸」是慣常連用的語詞，用來表示呼喚的語氣。太陽啊、月亮啊，為什麼總是要輪流黯淡不發光呢？意思是，為什麼這個世界不能保持光明，會有那麼多陰暗存在。我心中的憂愁，就像骯髒衣服一樣，讓人極度不舒服。以骯髒衣服來形容，正顯示了這個人對人對事對物，都有潔癖。夜深人靜中想了又想，想不出解決辦法，只能恨不得自己身上長了翅膀，可以飛到遙遠的地方去，離開這一切。

這樣的個性，這樣的痛苦，我們一點都不陌生吧！任何時代、每個人的身邊，或多或少都遇見過這種有潔癖、堅持原則的人吧！整首詩讀完了，我們才警覺，喔，那單獨只有一句，後面就沒再提起的自然描述，好像也不完全只是個不相干、隨口帶到的開頭。「泛彼柏舟，亦泛其流」，在水上漂的，不是一般的小船，而是珍貴的柏舟，好好的柏舟沒有被拿來用，浪費在那裡，這豈不正反映了一個潔癖、堅持原則的人在世俗環境中，最常有的痛苦嗎？那種痛苦是懷才不遇。自己的才能因為和環境格格不入而無法發揮，不就如同一艘美好的柏舟，空空無目的地漂流在水上嗎？

媽媽的辛苦

接著請讀〈凱風〉。

「**凱風自南，吹彼棘心，棘心夭夭，母氏劬勞。**」「凱風」是溫暖的風，從南方吹過來，吹在棘樹的新芽上。會有暖風從南方來，這是春天。暖風吹拂下，棘樹的嫩芽得以長得茂密美好。先講了三句描述自然現象的詩，突如其來，一轉，接了一句關於人事的「母氏劬勞」——做媽媽的辛苦了！

看見棘樹的芽苗在暖風中長得那麼好，像是得到妥善的照顧，於是聯想到照顧孩子的媽媽，要讓孩子長得好，媽媽得付出多少辛勞啊！這可以是「興」，由自然現象想到人間的媽媽，也可以是「比」，用「凱風」來比喻媽媽。

第二段：「**凱風自南，吹彼棘薪。母氏聖善，我無令人。**」溫暖的風持續地吹，原本的嫩芽長大長粗了，可以砍來當作柴薪了。前面感慨媽媽很辛苦，這段進一步說明：凱風吹著吹著，棘樹就長得那麼粗壯，唉，媽媽這麼辛苦照顧我們，我們卻沒有變成像樣的人啊！

第三段：「**爰有寒泉，在浚之下；有子七人，母氏勞苦。**」哪裡有寒泉呢？在浚水底下。但這兩句和「有子七人，母氏勞苦」有什麼關係？也許先往下看最後一段，會比較容易了解這一段的意義連接。「**睍睆黃鳥，載好其音；有子七人，莫慰母心。**」漂亮的小鳥兒，唱起歌來多麼好聽。生了七個孩子，卻無法撫慰媽媽的心。這兩者的前後關聯比較明白——小小的鳥兒和媽媽沒有直接關係，更沒有得到過媽媽一點好處，然而牠的漂亮形體、牠的美妙鳴叫，都可以給媽媽帶來快樂，唉呀，由媽媽辛苦養大的七個孩子，還不如一隻小鳥呢！

傳統上對第三段的解釋是：冰冷的泉水在浚城之外，都還有灌溉的作用，媽媽養了七個孩子，卻不能幫她分勞。這是一種讀法，不能說不對，但總覺有點牽強。文本上看不到一點提到「寒泉」有灌溉作用的意思。因而我比較傾向直接從文本而來的讀法：「凱風」和「寒泉」，一溫暖一冰冷，形成對比，不必硬要把「在浚之下」說成「在浚城之外」，而是從字面理解為「哪裡有冰冷的泉呢？在浚水底下。」媽媽像暖風，辛苦把孩子帶大，然而孩子卻像浚水下寒泉那麼冷，連一點點溫暖都無法回報給媽媽。如此呼應了前面的「我無令人」的自責，也呼應了後面「莫慰母心」的深刻遺憾。

這又是一首和家庭有關的詩。

河濱散記

再來挑戰一下傳統上難解，解得有點勉強的詩〈匏有苦葉〉。

「**匏有苦葉，濟有深涉；深則厲，淺則揭。**」仍然是以自然現象開頭的。「匏有苦葉」傳統上有一種解釋，是將「苦」字解為「枯」，葫蘆成熟之後，藤上的葉子就枯了，因而要是葉子枯了才將葫蘆採下來，那樣的葫蘆太熟了，沒辦法吃，只能拿來當作裝水的工具。如此聯繫到「濟有深涉」，徒步渡河叫「濟」，有時水深些、有時水淺些。水深時，我們就把空葫蘆綁在身上，以便增加浮力；水淺時，那就可以在葫蘆中裝了水，掛在肩上。

另外還有一種說法，是將「匏有苦葉」和「濟有深涉」分別開來。「匏有苦葉」是一件事，「濟有深涉」是另一件。因而「深則厲，淺則揭」只講涉水而度這件事，與葫蘆一點關係都沒有。水深的時候，穿著衣服涉水；但水淺的時候，就先將衣角拉起來再過，可以避免衣服濕掉。

這兩種傳統解法，有一個共同的問題，那就是忽略了「匏有苦葉」和「濟有深涉」兩個句子的形式對仗。「苦葉」或「枯葉」，是形容詞放在名詞前面。然而若照傳統解法，「深涉」二字卻成了兩個相反形容詞的並列。

如果尊重這兩句的對仗的話，那麼另一種讀法，是將「苦葉」視為「匏」的兩種狀態，和「深涉」兩種狀態對應。當藤上還長葉子（「葉」）時，那時的果實是可以吃的瓜；但如果等到葉子枯了（「苦」）時，那麼果實就纖維化變成葫蘆，只能拿來當容器了。同樣的「匏」，有兩種不同狀態，就像同樣的是要徒步渡水，也有水深和水淺兩種不同狀態。

如此接下來，就說，不同狀態有不同的因應之道。水深時，反正衣服一定會濕，就直接下水走；水淺，那就花點工夫把衣服揭拉起來再過去。

這是第一段。第二段：「**有瀰濟盈，有鷕雉鳴；濟盈不濡軌，雉鳴求其牡。**」《詩經》中若是出現「有」字在前，後面加一個字，通常就等於後來文言文裡的「……然」用法。「有瀰」因而就是「瀰然」，形容水滿出來的模樣。「有鷕」則是「鷕然」，形容鳥叫聲很響亮的模樣。渡水之處望過去，滿滿一大片都是水；同時耳邊傳來雉鳥大聲鳴叫的聲音。水位高漲了，不過應該還沒到淹到車軸頭的地步，也就是車子還可以安全地往來渡河。而雉鳥之所以叫，那是母鳥在追求公鳥啊！

第三段：「**雝雝鳴雁，旭日始旦；士如歸妻，迨冰未泮。**」遠遠傳來雝雝的聲音，抬頭看，原來是空中大雁的叫聲，同時也就看到太陽剛剛升上來。前面一段的描述，是先在視覺上看到滿水，然後聽覺上感知雉鳥在叫。這一段相反，先聽到大雁叫聲，引著抬頭，然後視覺中充滿了朝日昇起的光澤。如果男士要娶妻的話，得利用河上結冰還沒解凍融化之前啊！

最後一段：「**招招舟子，人涉卬否？人涉卬否，卬須我友。**」水太深的時候，過河就得靠渡船了，掌渡船的就是「舟子」。在河邊，船夫用手招呼著，表示渡船要開了，「人涉卬否」中的「卬」是「我」的意思，發音上接近閩南語的「我們」，所以那是一種撒嬌的口吻，人家渡河，我們不要啦！人家渡河，我們不要啦，因為還要等朋友，朋友沒有來嘛！

好了，這四段詩各自意思如此，但它們彼此之間到底構成了什麼樣的關係，又要表達什麼統一的事件或意念或情感呢？前面讀到的詩，都有反覆的形式，藉由重複與改動，表現出清楚的層次秩序。「匏有苦葉」則不然。就連開頭的「匏有苦葉」四字一句，後面都沒有重複出現。唯一的重複是倒數第二和第三句的「人涉卬否」。

缺乏其他詩的那種結構暗示，使得傳統上這首詩的解釋極為分歧。一種將四段連接起來的說法是：第一段，教人做事情要能應變，不同情勢用不同方法。第二段，一位女子聽到了母雉求公雉的叫聲，油然而生對於伴侶的思念。第三段，聽到雁鳴之聲，想起來這是漲水的秋天，車子渡不了河，只好計畫，那麼也許到了河上結冰，大冬天裡，車子能夠從冰上駛過，會是比較適當的時機。第四段，別人要渡河了，船夫招她，她不去，因為要等心目中那個男人時候到了來迎娶，那時才能渡河。

但另外有一種相對現代的解法，可以參考。王靜芝的提示：「由首至尾皆以涉水為貫，故知為河濱之地鄉里所唱。」意思是這是河濱生活的collage，不同時刻不同人的故事，但因為都發生在河濱渡頭，所以就把它們擺在一起，拼成了一首歌。這是從渡船頭看過去所記錄下來的河濱散記。

從這種角度讀，那麼第一段我們看到的是渡河的不同方式描述。第二段是上游大水下來，水滿時的自然景觀。第三段則是深秋近冬時，人車都無法直接行過渡口了，若要嫁娶，那就只好等河冰堅凍的時機了。第四段就更有趣了，是個小即景，一個當下現實的 snapshot，也可以是唱歌的人增加的一點撒嬌氣氛。

如此一來，這首詩不但能解，而且還讓我們佩服，短短幾句，就給了關於渡頭環境的一份豐富白描。

悲憤的離婚女子

再下來請看〈谷風〉。

《詩經》中常見的通例，是以大自然現象做為啟發、引領，帶出人間生活的片刻情緒。〈匏有苦葉〉可能是個例外，是一連串的河邊即景。〈谷風〉

是另一個例外，這是一首不折不扣的敘事詩，是嚴謹單一觀點的敘事詩。

開頭仍然是大自然現象：「**習習谷風，以陰以雨。**」從山谷裡吹來陣陣的風，帶來又陰又濕的氣候。「**黽勉同心，不宜有怒。**」盡量同心過日子，為什麼要像天氣那樣陰沉發怒呢？接著是農事上的比喻：「**采葑采菲，無以下體？**」葑是蕪菁，菲是蘿蔔，都是地下根，收成時必須拉著地上的葉，才能將根拔起來。這句表面的意思是：採蕪菁採蘿蔔，有辦法不連根帶葉拔起嗎？底下的意思，和前一句連起來，形容夫妻是一體的，無法分開，但為什麼不能努力同心，卻要常常擺臉色發脾氣呢？

這一段的最後一句：「**德音莫違，及爾同死。**」「德音」是尊稱別人說的話。你說過的，要一起老去一起死，可不要反悔違背啊！

第一段就讓我們明瞭了，這是一對夫妻的故事，而且恐怕不會是個甜美幸福的故事。第二段：「**行道遲遲，中心有違。**」這句應該是呼應第一段第一句的，她走在路上，所以會感受到谷風陰雨的吹襲。「違」字從「辵」部，本意就是從走路上來的。我們今天習慣連語說「違背」，但其實「違」、「背」兩字有不同意義。「背」是相反方向，轉過身回頭走；「違」則是沒有走在路上，走到正路以外的地方去了。「違法」就是沒有完全依照法律規定，走到岔路上去了。她走得很慢，因為打心底就不願意走上這條路，恨不得能夠走到別條路、別的地方去。

「**不遠伊邇，薄送我畿。**」「伊」字和「薄」字都是沒有意義的語詞。這句話形容的是不情願地走在路上，回想剛剛怎麼走出來的，心中怨嘆：不期待你送的很遠，但至少總可以送我到門口吧！也就是說，出門時，丈夫甚至連送她到門口都做不到，不願意做。

「**誰謂荼苦，其甘如薺；宴爾新昏，如兄如弟。**」誰說荼菜是苦的呢？和我現在的心情相比，就算荼菜都像薺菜一般甜美啊！前一句話這樣形容心情的痛苦程度，可是後一句卻說：新婚時的歡樂，簡直就像兄弟相處般自然、親密。這兩句話要怎樣連起來？看了後面的詩，我們會知道，新婚，講的不是她自己，她眼前看到了別人的新婚歡樂，以至於心中痛苦不堪。

往下讀，就知道這「宴爾新昏」的人是誰了。「**涇以渭濁，湜湜其沚；宴爾新昏，不我屑以。**」成語中的「涇渭分明」來自於這兩條匯流的河流，在匯流處，涇水很清，渭水很濁，以致構成奇觀。詩中用這個現象來推衍：和清淨的涇水相比，渭水看來很混濁，但其實渭水在靜止之處，也是清澈的呀！你們新婚歡樂，就嫌我要把我趕走了。

讀到這裡，我們懂了。原來「宴爾新昏」在那裡享受歡樂的，是她的丈夫。丈夫娶了新妻子，就把她趕出來，她被趕出家門，痛苦遲疑地走在路上，而離開時，丈夫甚至連送到門口都不肯。

因而涇水、渭水的兩句，也就多了一層比喻意義。和新人放在一起比較，顯得老醜不堪，然而我並不是從來都這樣老醜，我也有年輕當新人的時候啊！

到這裡，詩的情緒都是哀苦的。然而此處卻有了轉折：「**毋逝我梁，毋發我笱。**」這是祈使的語氣：你可不要到我堆好、用來攔住魚的河梁那裡去！你可不要去打開我的捕魚簍啊！壞女人，你不要動我的東西，那些魚是我的！

但這樣的怒氣快快來，卻也快快去，立刻又換回了悲苦、無奈的心情：「**我躬不閱，遑恤我後。**」唉，我連自身都照顧不到了，還怎麼管得了離開之後發生什麼事呢？

再下來：「**就其深矣，方之舟之；就其淺矣，泳之游之。**」這四句，可以是記事，也可以是比喻。視之為記事，那就是她在回想住在河邊的生活，水深的地方，要用木筏（「方」）或小船渡河；至於水淺的地方，那就可以游泳。若是讀做比喻，那是她用這樣的事情來表達：遇到了什麼狀況，就得變通想什麼辦法，這一直是我張羅家中事務的本事。所以接著說：「**何有何亡，黽勉求之，凡民有喪，匍匐救之。**」有什麼缺什麼，不都是我努力去張羅來的嗎？不只對自己家、自己家人如此，遇到了親戚鄰居別人家有喪事，我也都連滾帶爬趕去幫忙。

「**不我能慉，反以我為讎。既阻我德，賈用不售。**」「慉」心字邊加一個「畜」，意思是在心中感念，你非但不在心中感念我的這些好處，反倒把我看作仇人，要把我趕走。拒絕了我的美德，而且好像勢力現實的生意人，對待賣不掉的東西一樣。

「**昔育恐育鞫，及爾顛覆；既生既育，比予于毒。**」前句的「育」字是語詞，說的是：當時和你生活，難道那麼美好、那麼容易嗎？還不是充滿了恐懼與貧困。那樣的日子很平順嗎？還不是跟你一路顛顛躓躓地走來。

後句的「生」、「育」，可以指生了孩子，將孩子養大，不過因為前後都沒有其他句子提到孩子，她離去的心情中也沒有對孩子的掛念與不捨，所以或許解為是只讓家庭、家業無中生有，又逐漸變大變好，比較合理。結果呢？你卻把我看成毒藥啊！

「**我有旨蓄，亦以御冬。**」愈想愈氣，愈想愈不值得啊，我竟然還幫你曬好了菜乾，給你過冬！「**宴爾新昏，以我御窮。**」你們正在享受新婚歡樂，卻吝於照顧我，為了節省開支把我趕出來。

愈說愈悲慘啊：「**有洸有潰，既詒我肄；不念昔者，伊余來塈。**」你對我，不是趾高氣昂地炫耀，就是怒氣衝天，給我的只有辛苦的工作。「塈」是特別的風俗，媳婦剛過門，一切還不熟悉，也還無法確定在這個新家中的明確宗族身分，所以會有一段過度、緩衝期，有的說法是三天，也有說是三旬（三十天）的，在這段期間媳婦是不需要工作的。所以她感慨地說：你都忘記了那段當我新嫁進來，還在「塈」中的日子了啊！唉，那是她當年的「宴爾新昏」啊！

這是一首講離婚的敘事詩。在從原來家中出門的時刻，一個離婚女子的遭遇與心情。這樣的題材，難免讓我們想起東漢時的樂府長詩〈孔雀東南飛〉，那寫的也是一個離婚婦人的故事。不過「谷風」的敘事，比〈孔雀東南飛〉來得簡約，卻包藏著更戲劇性的轉折。讀這首詩的人，都一定會對「**毋逝我梁，無發我笱。我躬不閱，遑恤我後。**」這段留下深刻印象。突如其來的兇惡、憤怒口氣，在想像中對著搶走她丈夫的人指斥：不准你動我的東西，我辛辛苦苦準備才抓來的魚，不准你偷走！但一說完這話，甚至無法維持片刻的自欺，立刻明白自己這話的荒唐與無力，現實包攏過來，只能黯然地承認：我都無法留在這裡了，要怎麼管得著河梁和魚簍呢？

這樣的情緒轉折，比其他指責負心男人的話，更讓人替她傷感。是非常細膩的文學手法。

從怨女等成怨婦

下一首來讀〈氓〉。〈氓〉的主題，和〈谷風〉很接近，放在一起就能看出，「怨女」、「怨婦」很早就在中國詩歌中扮演了重要角色。

「**氓之蚩蚩，抱布貿絲。匪來貿絲，來即我謀。**」「氓」從「亡」從「民」，原意指的是不曉得從哪裡來的人，不是我們周圍日常認識，有名有姓，有家有戶的人。現代語裡還留著「流氓」的說法，從別的地方流離失所跑來的人。「蚩」即是今天的「嗤」，一直傻笑、笑咪咪的樣子。有一個不曉得哪裡來的小夥子，笑咪咪地來到我們這裡，抱著麻布要來換絲。麻布到處農家幾乎都可以織，絲卻要在種桑養蠶的地方才能生產，布賤而絲貴，所以有人做這種生意，所以要「抱」一大堆麻布才能來換絲。這是個外地人，而且是個做生意的。

他來，其實不是真的要做布換絲的生意，而是要來追求我，在我身上打主意的。到這裡我們知道了，這首詩是以一個女孩的口吻說的，呈現的是她主觀的看法。從她當時的眼光看去，前來的陌生傢伙是個傻小子，不過在那個絕大部分的人都一輩子定居在自家村子裡的時代，會去四處奔波做生意，恐怕也傻不到哪裡去，得有幾分精明吧！

「**送子涉淇，至於頓丘。匪我愆期，子無良媒；將子無怒，秋以為期。**」第二段，人稱改了，從原來的第三人稱「氓」——這個小子——改成「子」，直接對這個人說話，所以很顯然，外地來的小子成功結交了詩中的「我」。小子要離開「我」的村子了，「我」還送他渡過了淇水，一直到頓丘。離別之際，「我」對小子說：「不是我一直要拖延日期，你一個人冒冒失失跑來就要把我娶走，連個像樣的媒人都沒找，怎麼可能！」然後改變了口氣安慰他：「你別氣啦，讓我們約好了，秋天時你找媒人來，那好事就成了。」

「**乘彼垝垣，以望復關；不見復關，泣涕漣漣；既見復關，載笑載言。**」他離開之後，「我」就經常不顧危險，爬到舊城牆上，或許是因為那裡一般不會有人吧，也有可能因為那裡能夠遠遠看見「關」，來往做生意的人必須經過「關」，才能進到這座城裡來，所以「我」在那裡看他有沒有回來，一直看不到他回來，眼淚忍不住就滴落下來了。

終於有一天，真的看見小子過關回來了，「我」於是又能有說有笑了。

「載……載……」是一邊怎麼樣，又一邊怎樣的意思。

「**爾卜爾筮，體無咎言；以爾車來，以我賄遷。**」你說你問過卜占過卦，卦體顯現的結果中，沒有任何不好的話。你駕了車來，我也就帶著我自己的財物嫁妝，跟著你離家了。「賄」是財物財貨的意思。「爾」是所有格形式，「你的」的意思。

不過這裡有微妙之處。兩人本來說好「秋以為期」，而之所以需要等到秋天，是因為「子無良媒」，換句話說，就是等秋天你去找了媒人來就能結婚了。可是接著一段又說：「不見復關，泣涕漣漣」，那應該是過了約定的時間，那男生還不見人影，延誤了回來的時間。等到他真的回來了，卻也還是沒有帶著媒人來，只帶了自己問卜占卦的結果，說一切都沒問題，這個女生也就答應收拾包袱跟他的車走了。

接下來一段，可以視為對他們成婚季節的提示，也可以單純讀作比喻。

「**桑之未落，其葉沃若；于嗟鳩兮，無食桑葚。**」桑葉還沒落，茂密柔嫩地掛在樹上時，鳩鳥啊鳩鳥，你可別急著把桑葚吃掉啊！桑葉還很茂密漂亮，那麼桑葚果實也就還沒成熟，要是你先吃掉了不熟的果子，以後就吃不到豐美果實了。

全詩開始於外地人來「抱布貿絲」，顯示了女生家是種桑養蠶的，所以她一定對於桑樹的成長變化，特別敏感。如果這是季節的提示，那麼表示本來約定「秋以為期」，男生卻拖到第二年的春末夏初才來，難怪讓女生等得「泣涕漣漣」，以為他不會回來了，也難怪見他回來，喜出望外，以至於連他沒有按約定找媒人來，也不計較了。

不過更重要的是做為比喻，這兩句話是連接後面的。「**于嗟女兮，無與士耽；士之耽兮，猶可說也；女之耽兮，不可說也；桑之落矣，其黃而隕。**」「于嗟女兮」對應「于嗟鳩兮」，警告女孩們：可不要和男人嬉樂遊玩啊！男生嬉樂遊玩，有他們的理由；女生卻沒有道理、也沒有本錢跟人家這樣嬉樂遊玩啊！接著又回到對桑樹的描述，說季節到了，桑葉從樹上落下來時，那葉子就不再茂密柔嫩，而是枯黃的狀態了。

對女生的警告，包在前後的桑樹比喻中，連起來看，那就清楚了：要女孩子別急著將自己的青春交出去，換取一時的嬉樂，因為青春一逝，女孩就像過了季節的桑葉般失去了價值。

「耽」字有強烈的時間意義，指胡混無目的度過的時間。男人可以這樣混啊混著，女人沒辦法，混一下，青春就過去了。

我們還能從詩中人稱的改變，察知「我」在心情上的轉折。剛開始叫這個人「氓」——那個小子，接著換成「子」、「爾」——你、你的，到這裡又變成「士」——那些男人、男人們。中間有著明確親疏距離的變化。

距離感從那裡來呢？看下一段：「**自我徂爾，三歲食貧。淇水湯湯，**

漸車帷裳。女也不爽，士貳其行；士也罔極，二三其德。」自從「我」到你家之後，三年中都一直很窮。然後這裡突然插入了「淇水湯湯，漸車帷裳」兩句渡河的描述，什麼意思？

有兩種解釋，一種是這時「我」想起當年坐你的車渡過淇水，因為是春末了，淇水水位很高，濺上來淹濕了車帷幔。這應該是個不祥的預兆，提醒了你不是個信守諾言的人，約好在水位較低的秋天來迎娶，你卻拖了那麼久的時間，但我那時沉浸在幸福的想像中，完全沒有料到嫁過去會遭遇到的啊！

另一種解釋是：藉由這兩句，告訴我們原來這整首詩的時間與場景，那是「我」嫁過去三年之後，被丈夫給趕了出來，要回娘家去，車渡過淇水，水淹上來濺濕了車帷幔，使她分外感傷。

「爽」字是「差錯」的意思，成語「報應不爽」指的即是做了什麼就得到怎樣報應，不會有錯。作為一個女人，我沒有做錯什麼啊，是男人會改來改去，不守信用，男人不只三心二意，說話不算話，而且根本沒有個底線（「士也罔極」），什麼都能說，什麼都敢做。

「**三歲為婦，靡室勞矣；夙興夜寐，靡有朝矣。**」嫁過去三年為人婦，家屋裡沒有一件事不是我要操勞、要照顧的。「靡有朝矣」表面意思是「沒有早上」，這是簡省的句法，從「沒有早上、沒有中午、也沒有晚上」簡省而來的。今天的台語裡還有「沒早沒晚」的說法，差似近之。指的是忙到沒有時間感，從早到晚沒有差別，都在忙，都無法休息，同時也是忙到沒有了「早頓、暗頓」，連吃早餐吃晚餐的時間都沒有。「我」過了三年貧窮忙碌的生活，早起晚睡，整天不得休息。

「**言既遂矣，至於暴矣。兄弟不知，咥其笑矣。**」前頭追求我時，說了那麼多話，後來呢？卻換成了對我兇暴的態度。我娘家的兄弟還不知道這樣的事，如果知道了，他們會如何嘲笑我啊！

「我」在夫家受到這樣的虐待，娘家不知道，但為什麼說：要是兄弟們知道了，卻會嘲笑呢？這兩句顯然是呼應前面「以爾車來，以我賄遷」的。這男人根本沒找媒人，沒有按照婚嫁的規矩來，「我」卻不顧娘家的反對，興沖沖收了東西就走了，所以兄弟若知道「我」的遭遇，一定會嘲笑「我」當時那麼急著跟人家走啊！

「**靜言思之，躬自悼矣。及爾偕老，老使我怨。**」靜靜想著、回憶著，我只能替自己傷心難過，甚至得不到兄弟家人的同情。「及爾偕老」，希望能和你一起老去，是周代婚姻中的套語，就像基督教婚禮中牧師要引導新人說：「Till death do we part.」是一樣的。想起男人當時說「及爾偕老」的承諾，尤其是那個「老」字，分外讓「我」憤慨，說什麼「老」，才三年，早已全都不算數了。

「**淇則有岸，隰則有泮。**」淇水有河岸，就算範圍更廣的濕地，也有其邊界。這是用自然現象來呼應前面的「士也罔極」，為什麼就是男人做事沒有底線，可以如此胡來呢？「**總角之宴，言笑晏晏。信誓旦旦，不思其反；反是不思，亦已焉哉！**」「總角」指的是未成年、未結婚前的髮式，「晏晏」則是溫和舒適的樣子。唉，回想起當年的快樂，那時你脾氣很好、很容易相處。「旦旦」原意是如同大白天般，所以當年的承諾、誓約可不是偷偷摸摸講的，講得那麼直接明白，這些你都不記得、都不想了嗎？你都不記得、都不去想，那也就沒有辦法，就算了吧！

和〈谷風〉一樣，詩結束在對於美好過去，婚姻尚未變質時的懷念，不過〈氓〉多加了一句無奈自棄的感慨。

愛情來了

再來讀一首好玩的小詩——〈靜女〉。

〈谷風〉記錄了婚姻的破滅，〈氓〉記錄了婚姻的毀壞，〈靜女〉則記錄了愛情的開端。還是講男女關係的。

「**靜女其姝，俟我於城隅。**」「靜女」在此不見得是安靜、文靜的意思，比較接近廣東話的「靚女」，簡單說，就是漂亮女孩。「姝」字也是形容美麗，所以「靜」字「姝」字重複交疊，強調女孩有多麼美。漂亮女孩跟我約好了，在城牆底下，角角隱密的地方等我喲！這開頭，就顯露出男生心頭蹦蹦亂跳，既興奮又緊張的模樣。

他趕了過去，「**愛而不見，搔首踟躕。**」這裡的「愛」字，應該是

「曖」的意思，「曖昧不明」原本指的是因為光線不足，昏暗情況下看不清楚。懷抱著高度期待，跑到牆邊隱密處，在那充滿暗影的地方，東找西找，都不見漂亮女孩的蹤跡，於是抓著頭走來走去，不知該怎麼辦才好。

「**靜女其孌，貽我彤管；彤管有煒，說懌女美。**」「孌」字和「姝」一樣，還是形容美麗的字。正不知所措時，漂亮女孩出現，感覺上更加漂亮了，帶了一隻紅色的竹管來送給我。拿到了這份禮物，忍不住稱讚：「紅色竹管還有光澤呢，你多美啊，我多麼欣賞你的美啊！」表面上說竹管，實質上當然是借說竹管在讚美女孩。

「**自牧歸荑，洵美且異；匪女之為美，美人之貽。**」「歸」字是帶回的意思，原來漂亮女孩去了城外，隨手帶回了茅草尖，這茅草尖真是又美又奇特啊！這說明了為什麼漂亮女孩要約他在城下了，或許是她藉著出城踏青的機會，偷偷來會情人，帶了紅色竹管，順便還給他一把剛剛摘採的茅草尖。剛接過茅草尖，他興奮地說：「哇，茅草尖實在太棒了，跟我看過的其他茅草尖都不一樣呢！」這樣說完了，意識到話說得太誇張，連自己都不好意思了，對著茅草尖說：「啊，不是啦，不是你真的有多美、有多特別，而是因為漂亮女孩送我的緣故。」

這是移情作用。喜歡這個女孩，加上之前找不到她那種心慌，以至於當她出現帶來的狂喜，投射在物品上，使得再平常、再簡單的東西，映在他眼裡，都會發出特別的光，那是愛情與幸福的光吧！

這首詩有很細膩的因果層次。如果不是知道女孩已經在等了，不會匆匆忙忙趕去，以至於在慌亂中找不到人。如果不是一時找不到人，就不會在女孩出現時，刺激出那麼強烈的高興反應。如果不是那麼高興，就不會誇張地稱讚女孩送的禮物。先用那種方式稱讚了女孩特別準備的禮物，接著又用同樣的方式稱讚女孩隨手摘採的，既不珍貴、也不特別的茅草尖，因而顯現了其中的荒唐，以是自己都不得不承認，重點不在茅草尖，而在漂亮女孩的心意啊！

一首簡單卻巧妙的好詩。

熱鬧的青春戲謔

還有另外一種歌的形式，可以借〈桑中〉這首詩來認識。

「**爰采唐矣？沬之鄉矣。**」「唐」是一種可吃的野菜，「沬」則是衛國的一座城。詩裡說：到哪裡去採唐草啊？到沬城的郊外去採唐草。「**云誰之思，美孟姜矣。**」然後問：你在想誰，在打誰的主意啊？回答：我喜歡的是姜家的漂亮少女啊！「**期我乎桑中，要我乎上宮，送我乎淇之上矣。**」要到沬城郊外採唐草，一路想著姜家的美少女，描述和她約會的情況——「她先在桑中這個地方等我，兩人見面了她就邀我一起去上宮，分手之前她還一直送我到淇水岸邊呢！」

後面兩段，和第一段幾乎一模一樣，只有換韻時連帶換幾個字而已。第二段是：「**爰采麥矣？沬之北矣。云誰之思？美孟弋矣。期我乎桑中，要我乎上宮，送我乎淇之上矣。**」到哪裡去採麥呢？到沬城外的北邊去。想著誰呢？我喜歡的是弋家的美少女。第三段：「**爰采葑矣？沬之東矣。云誰之思？美孟庸矣。期我乎桑中，要我乎上宮，送我乎淇之上矣。**」到哪裡去採蕪菁呢？到沬城外的東邊去。想著誰呢？我喜歡的是庸家的美少女。

這首詩最重要的特色，就是不適用於我們前面所說的層次結構。這首詩沒有層次，因為它的形式與層次無關。形式上，這是集體的少男情歌。我們不能拘泥從文字表面來解釋歌中的意思。看文字表面，那麼要麼有一個男人，不要臉地先追求姜家少女，又追求弋家少女，還追求庸家少女，而且跟她們每個人約會都是一模一樣的過程，這像話嗎？

要不然是有三個男生，第一個喜歡姜家妹妹、第二個喜歡弋家妹妹、第三個喜歡庸家妹妹，而三對情侶的約會場景湊巧都一樣，這又有比較像話嗎？

這是首年輕男生集體歡唱的歌。固定套裝的歌詞，輪到誰唱，誰就把「云誰之思？」後面一句的答案，改成自己的意中人。如此一來，歌也就有了公開告白的功能，讓大家知道這個男生愛哪個女生。而套裝歌詞講的是女生「期我乎桑中……」於是告白的男生也給自己留了面子，好像女生也喜歡他，說不定唱的過程中，那個被點名的姜家少女就羞紅了臉說：「不是我！」或：「我才沒有邀他呢！」充滿了青春戲謔的熱鬧。

破碎的家庭

對比、對照一下，我們來讀最悲慘的〈葛藟〉。

還是自然景象的開頭：「**緜緜葛藟，在河之滸。**」葛藟是藤蔓類的植物，近水，會在河邊綿延地生長。「滸」字是水涯的意思。「在河之滸」因而給了我們不只是河邊有葛藟的意象，還讓我們感覺那一大片葛藟一直長到和河水混在一起，分不清邊界了。

「**終遠兄弟，謂他人父；謂他人父，亦莫我顧。**」葛藟在河水的滋潤下，這樣連綿長成一大片，我呢？我卻連最親近的兄弟都永久分離了。我要到哪裡去尋找親人，怎樣才能有親人相照應呢？就算我去叫別人爸爸，人家也不會理我啊！

這是描述離亂孤獨的痛苦。顯然，這個時代的中國人，已經形成了強烈的家族紐帶，人是藉著和兄弟、親族間的關係，才取得安全感，甚至才有了生命的意義。災害或戰爭帶來的離亂，最嚴重的，就是使得人和家族斷絕了聯繫。從各個不同的角度，《詩經》中那麼多和家庭有關的詩，讓我們明確看到周代以家族倫理關係為基礎的封建秩序，早已經深深植根在一般平民百姓心中了。

第二段：「**緜緜葛藟，在河之涘。終遠兄弟，謂他人母；謂他人母，亦莫我有。**」意思和第一段一樣，只換了韻，換了幾個字。流離失所，就算想認別人做母親，別人也不會收容我，拿我當她兒子啊！

第三段：「**緜緜葛藟，在河之漘。終遠兄弟，謂他人昆；謂他人昆，亦莫我聞。**」「漘」是岸邊低地的意思。失去了自己的兄弟，跑去叫別人「大哥」，別人連聽都不要聽啊！

三段意思是重複的，但形容的方式卻一段比一段悲哀。剛開始想找父親，因為父親有能力照顧家人，但無處去找。接著退一步想找母親，得到一點歸屬的安慰，也找不到。再退一步，找個大哥可以聽聽我的哀痛吧，竟然連這一點卑微的願望都得不到。

「亦莫我顧」、「亦莫我有」、「亦莫我聞」，雖然只變化了三個字，那痛卻是一層層愈刺愈深呢。

翻牆求愛的男子

最後來讀讀這樣有趣的詩，〈將仲子〉，這是一首少見從頭到尾直敘的詩，感情奔放活潑，全無掩飾收斂，而且都沒有引用自然現象來做為比喻或呼應。

「將仲子兮，無踰我里，無折我樹杞。豈敢愛之，畏我父母；仲可懷也，父母之言，亦可畏也。」開頭「將」字音 qiang（音同「槍」），是語詞，沒有文義，卻有聲音上的提示與記錄效果。像打鑼一般的聲音，指示著激動叫喚，有著「叫一聲……」的作用。

所以這是：叫一聲仲子啊，你別爬繞著我們這個里坊的牆，別把里牆邊種的杞樹折斷了。激動唉呦叫完了，接著趕緊解釋：「不是我捨不得杞樹，是因為怕我爸媽啊！雖然我很想念仲子，可是爸媽罵人的話，我還得會怕，還是得聽啊！」喔，這樣我們了解了，仲子之所以要爬牆，是為了來見詩中說話的這個女孩，而且他們兩人思念相愛，是沒有得到女方父母同意的。這不就是《羅密歐與茱麗葉》戲中，羅密歐偷偷爬上陽台私會茱麗葉的畫面嗎？

第二段：「**將仲子兮，無踰我牆，無折我樹桑。豈敢愛之，畏我諸兄；仲可懷也，諸兄之言，亦可畏也。**」叫一聲仲子啊，不要爬我們家的牆，不要折壞了我們家種的桑樹。杞樹是標示里門位置的，是景觀樹；桑樹卻是養蠶用的，是家裡的財產了。但女孩還是解釋：我不是可惜桑樹的價值，而是擔心親族兄長們罵我。「諸兄」通常指的範圍較廣，不單是自家哥哥，而是叔伯親戚裡的兄長都包括在內。我雖然想你，但還是不能不在乎兄長們的教訓啊！

第三段：「**將仲子兮，無踰我園，無折我樹檀。豈敢愛之？畏人之多言；仲可懷也，畏人之多言，人之多言，亦可畏也。**」叫一聲仲子啊，不要越過我們家的園子，不要損壞了園子裡的檀樹。不是我捨不得園子裡的樹，而是我害怕別人的流言。我很懷念你，但別人的八卦流言，我還是不能不害怕啊！

詩中對於女孩欲迎還拒的矛盾心情，表達得多好。少男少女懷春，力量多大，根本不是禮法禁抑得了的。剛開始，男生爬了里牆過來，然後，他更大膽了，爬過家院的牆，更靠近了。再來，他甚至越過了園子，那就是到達屋舍來了。相應的，剛開始，只是父母在意阻止；接著，親族裡的兄長都知道了，都跟著阻止；最後，旁邊的人家都知道了，都在嘀嘀咕咕說閒話。因為是眾人的言語，所以說「人之多言」。

這一層層的阻撓，讓女孩苦惱，所以要勸男生別做得太踰矩。但又怕話說得太重了，所以趕忙要解釋自己的心情。而且，照這一層層的描述看來，她的勸告顯然也沒有什麼作用，反而更燃起了仲子堅決追求的熱情呢！

附錄　《詩經》選摘

〈國風 周南〉

關雎

關關雎鳩，在河之洲；
窈窕淑女，君子好逑。
參差荇菜，左右流之；
窈窕淑女，寤寐求之。
求之不得，寤寐思服；
悠哉悠哉，輾轉反側。

參差荇菜，左右採之；
窈窕淑女，琴瑟友之。
參差荇菜，左右芼之；
窈窕淑女，鐘鼓樂之。

雎：音同「居」　荇：音同「幸」
寤：音同「物」　寐：音同「妹」

桃夭

桃之夭夭，灼灼其華；
之子于歸，宜其室家。

桃之夭夭，有蕡其實；
之子于歸，宜其家室。
桃之夭夭，其葉蓁蓁；
之子于歸，宜其家人。

蕡：音同「焚」

芣苢

采采芣苢，薄言采之。
采采芣苢，薄言有之。
采采芣苢，薄言掇之。

采采芣苢，薄言捋之。
采采芣苢，薄言袺之。
采采芣苢，薄言襭之。

芣：音同「福」　苢：音同「以」
掇：音同「奪」　捋：音同「囉」
袺：音同「節」　襭：音同「協」

〈國風　召南〉

採蘋

于以采蘋？南澗之濱。

于以采藻？于彼行潦。
于以盛之？維筐及筥。
于以湘之？維錡及釜。
于以奠之？宗室牖下。
誰其尸之？有齊季女。

筥：音同「舉」　牖：音同「有」

摽有梅

摽有梅，其實七兮；

求我庶士，迨其吉兮。

摽有梅，其實三兮；
求我庶士，迨其今兮。

摽有梅，頃筐塈之；
求我庶士，迨其謂之。

摽：音同「鰾」　塈：音同「既」

〈國風 秦風〉

晨風

鴥彼晨風，鬱彼北林；
未見君子，憂心欽欽；
如何如何！忘我實多。

山有苞櫟，隰有六駮；
未見君子，憂心靡樂；
如何如何！忘我實多。

山有苞棣，隰有樹檖；

未見君子，憂心如醉；
如何如何！忘我實多。

駮：音同「玉」　櫟：音同「立」
隰：音同「習」　駁：音同「博」
棣：音同「地」　檖：音同「歲」

蒹葭

蒹葭蒼蒼，白露為霜；
所謂伊人，在水一方；
遡洄從之，道阻且長；
遡游從之，宛在水中央。

蒹葭萋萋，白露未晞；
所謂伊人，在水之湄；
遡洄從之，道阻且躋；
遡游從之，宛在水中坻。

蒹葭采采，白露未已；
所謂伊人，在水之涘；
遡洄從之，道阻且右；
遡游從之，宛在水中沚。

蒹：音同「間」　葭：音同「家」
萋：音同「七」　躋：音同「機」
坻：音同「持」　涘：音同「四」

沚：音同「止」

〈國風 王風〉

黍離

彼黍離離，彼稷之苗；
行邁靡靡，中心搖搖。
知我者，謂我心憂；
不知我者，謂我何求。
悠悠蒼天，此何人哉！

彼黍離離，彼稷之穗；

行邁靡靡，中心如醉。
知我者，謂我心憂；
不知我者，謂我何求。
悠悠蒼天，此何人哉！

彼黍離離，彼稷之實；
行邁靡靡，中心如噎。
知我者，謂我心憂；
不知我者，謂我何求。
悠悠蒼天，此何人哉！

葛藟

綿綿葛藟，在河之滸。
終遠兄弟，謂他人父；
謂他人父，亦莫我顧！

綿綿葛藟，在河之涘。
終遠兄弟，謂他人母；
謂他人母，亦莫我有！

綿綿葛藟，在河之漘。
終遠兄弟，謂他人昆；
謂他人昆，亦莫我聞！

蔔：音同「蕾」　　涘：音同「四」

漘：音同「純」

〈國風 齊風〉

東方未明

東方未明，顛倒衣裳；
顛之倒之，自公召之。
東方未晞，顛倒裳衣；
倒之顛之，自公令之。

折柳樊圃，狂夫瞿瞿；
不能辰夜，不夙則莫。

南山

南山崔崔，雄狐綏綏；
魯道有蕩，齊子由歸；
既曰歸止，曷又懷止！

葛屨五兩，冠緌雙止；
魯道有蕩，齊子庸止；
既曰庸止，曷又從止！

蓺麻如之何？衡從其畝；
取妻如之何？必告父母；
既曰告止，曷又鞠止！

析薪如之何？匪斧不克；
取妻如之何？匪媒不得；
既曰得止，曷又極止！

屨：音同「具」　綏：音同「蕤」

〈國風 邶風〉

柏舟

汎彼柏舟，亦汎其流；
耿耿不寐，如有隱憂；
微我無酒，以敖以遊。

我心匪鑒，不可以茹；
亦有兄弟，不可以據；
薄言往愬，逢彼之怒。

我心匪石，不可轉也；

我心匪席，不可卷也；
威儀棣棣，不可選也。

憂心悄悄，慍于群小；
覯閔既多，受侮不少；
靜言思之，寤辟有摽。

日居月諸，胡迭而微？
心之憂矣，如匪澣衣；
靜言思之，不能奮飛。

邶：音同「貝」　愬：音同「素」
覯：音同「構」　澣：音同「換」

凱風

凱風自南，吹彼棘心；
棘心夭夭，母氏劬勞。
凱風自南，吹彼棘薪；
母氏聖善，我無令人。
爰有寒泉，在浚之下；
有子七人，母氏勞苦。
睍睆黃鳥，載好其音；
有子七人，莫慰母心。

劬：音同「渠」　　睍：音同「現」

睆：音同「緩」

匏有苦葉

匏有苦葉，濟有深涉；
深則厲，淺則揭。

有瀰濟盈，有鷕雉鳴；
濟盈不濡軌，雉鳴求其牡。

雝雝鳴雁，旭日始旦；
士如歸妻，迨冰未泮。

招招舟子，人涉卬否；
人涉卬否，卬須我友。

匏：音同「袍」　鷕：音同「咬」
卬：音同「昂」

谷風

習習谷風，以陰以雨；
黽勉同心，不宜有怒。
采葑采菲，無以下體；
德音莫違，及爾同死。

行道遲遲，中心有違；
不遠伊邇，薄送我畿。
誰謂荼苦，其甘如薺；
宴爾新昏，如兄如弟。

涇以渭濁，湜湜其沚；
宴爾新昏，不我屑以。
毋逝我梁，毋發我笱；
我躬不閱，遑恤我後。

就其深矣，方之舟之；
就其淺矣，泳之游之。
何有何亡，黽勉求之；

凡民有喪，匍匐救之。

不我能慉，反以我為讎；
既阻我德，賈用不售。
昔育恐育鞫，及爾顛覆；
既生既育，比予于毒。

我有旨蓄，亦以御冬；
宴爾新昏，以我御窮。
有洸有潰，既詒我肄；
不念昔者，伊余來塈。

湜：音同「時」　沚：音同「止」

慉：音同「序」　賈：音同「古」

讎：音同「仇」　鞫：音同「居」

洸：音同「光」

靜女

靜女其姝，俟我于城隅；

愛而不見，搔首踟躕。

靜女其孌，貽我彤管；

彤管有煒，說懌女美。

自牧歸荑，洵美且異；

匪女之為美，美人之貽。

懌：音同「意」

〈國風 衛風〉

氓

氓之蚩蚩，抱布貿絲；
匪來貿絲，來即我謀。
送子涉淇，至於頓丘；
匪我愆期，子無良媒。
將子無怒，秋以為期。

乘彼垝垣，以望復關；
不見復關，泣涕漣漣。
既見復關，載笑載言；
爾卜爾筮，體無咎言。
以爾車來，以我賄遷。

桑之未落，其葉沃若。
于嗟鳩兮！無食桑葚；
于嗟女兮！無與士耽。
士之耽兮，猶可說也；
女之耽兮，不可說也。

桑之落矣，其黃而隕。

自我徂爾，三歲食貧；
淇水湯湯，漸車帷裳。
女也不爽，士貳其行；
士也罔極，二三其德。

三歲為婦，靡室勞矣；
夙興夜寐，靡有朝矣。
言既遂矣，至於暴矣；
兄弟不知，咥其笑矣。
靜言思之，躬自悼矣。

及爾偕老，老使我怨；
淇則有岸，隰則有泮。

總角之宴，言笑晏晏；
信誓旦旦，不思其反。
反是不思，亦已焉哉。

垝：音同「軌」　徂：音同「殂」
咥：音同「跌」

〈國風　鄘風〉

桑中

爰采唐矣？沬之鄉矣；
云誰之思？美孟姜矣。

期我乎桑中，要我乎上宮，
送我乎淇之上矣。

爰採麥矣？沬之北矣；
雲誰之思？美孟弋矣。
期我乎桑中，要我乎上宮，
送我乎淇之上矣。

爰採葑矣？沬之東矣；
雲誰之思？美孟庸矣。
期我乎桑中，要我乎上宮，

送我乎淇之上矣。

〈國風 鄭風〉

將仲子

將仲子兮，無踰我里，
無折我樹杞。
豈敢愛之？畏我父母；
仲可懷也，父母之言，亦可畏也。

將仲子兮，無踰我牆，
無折我樹桑。

豈敢愛之？畏我諸兄；
仲可懷也，諸兄之言，亦可畏也。

將仲子兮，無踰我園，
無折我樹檀。
豈敢愛之？畏人之多言；
仲可懷也，人之多言，亦可畏也。

子衿

青青子衿，悠悠我心；
縱我不往，子寧不嗣音？
青青子佩，悠悠我思；

縱我不往，子寧不來？
挑兮達兮，在城闕兮；
一日不見，如三月兮。

〈國風 唐風〉

鴇羽

肅肅鴇羽，集于苞栩。
王事靡盬，不能蓺稷黍，父母何怙？
悠悠蒼天，曷其有所！

肅肅鴇翼，集于苞棘。

王事靡盬，不能蓺黍稷，父母何食？
悠悠蒼天，曷其有極！

肅肅鴇行，集于苞桑。
王事靡盬，不能蓺稻粱，父母何嘗？
悠悠蒼天，曷其有常！

盬：音同「古」　蓺：音同「義」

〈國風 陳風〉

月出

月出皎兮，佼人僚兮；
舒窈糾兮，勞心悄兮。
月出皓兮，佼人懰兮；
舒懮受兮，勞心慅兮。
月出照兮，佼人燎兮；
舒夭紹兮，勞心慘兮。

懰：音同「流」　慅：音同「草」

〈國風　檜風〉

隰有萇楚

隰有萇楚，猗儺其枝；
夭之沃沃，樂子之無知。
隰有萇楚，猗儺其華；
夭之沃沃，樂子之無家。
隰有萇楚，猗儺其實；

夭之沃沃，樂子之無室。

隰：音同「習」　儺：音同「挪」

〈國風　曹風〉

鳲鳩

鳲鳩在桑，其子七兮；
淑人君子，其儀一兮；
其儀一兮，心如結兮。

鳲鳩在桑，其子在梅；
淑人君子，其帶伊絲；
其帶伊絲，其弁伊騏。

鳲鳩在桑，其子在棘；
淑人君子，其儀不忒；
其儀不忒，正是四國。

鳲鳩在桑，其子在榛；
淑人君子，正是國人；
正是國人，胡不萬年。

鳲：音同「失」

〈國風 豳風〉

鴟鴞

鴟鴞鴟鴞！既取我子，無毀我室。
恩斯勤斯，鬻子之閔斯！

迨天之未陰雨，徹彼桑土，綢繆牖戶。
今女下民，或敢侮予！

予手拮据，予所捋荼，
予所蓄租，予口卒瘏，
曰予未有室家。

予羽譙譙，予尾翛翛，
予室翹翹。風雨所漂搖，
予維音嘵嘵！

鴟：音同「吃」　鴞：音同「蕭」
鬻：音同「玉」　瘏：音同「圖」
譙：音同「喬」　翛：音同「蕭」

〈國風　魏風〉

碩鼠

碩鼠碩鼠，無食我黍；

三歲貫汝，莫我肯顧；
逝將去汝，適彼樂土；
樂土樂土，爰得我所？

碩鼠碩鼠，無食我麥；
三歲貫汝，莫我肯德；
逝將去汝，適彼樂國；
樂國樂國，爰得我直？

碩鼠碩鼠，無食我苗；
三歲貫汝，莫我肯勞；
逝將去汝，適彼樂郊；
樂郊樂郊，誰之永號？

〈小雅 鹿鳴〉

採薇

採薇採薇，薇亦作止；
曰歸曰歸，歲亦莫止；
靡室靡家，玁狁之故；
不遑啟居，玁狁之故。

採薇採薇，薇亦柔止；
曰歸曰歸，心亦憂止；
憂心烈烈，載飢載渴；
我戍未定，靡使歸聘。

采薇采薇，薇亦剛止；
曰歸曰歸，歲亦陽止；
王事靡盬，不遑啟處；
憂心孔疚，我行不來。

彼爾維何？維常之華；
彼路斯何？君子之車；
戎車既駕，四牡業業；
豈敢定居？一月三捷。

駕彼四牡，四牡騤騤；
君子所依，小人所腓；
四牡翼翼，象弭魚服；

豈不日戒，玁狁孔棘。

昔我往矣，楊柳依依；
今我來思，雨雪霏霏；
行道遲遲，載渴載飢；
我心傷悲，莫知我哀。

玁：音同「顯」　狁：音同「允」
騤：音同「葵」

〈小雅 北山〉

小明

明明上天，照臨下土；
我征徂西，至於艽野；
二月初吉，載離寒暑；
心之憂矣，其毒大苦；
念彼共人，涕零如雨；
豈不懷歸，畏此罪罟。

昔我往矣，日月方除；
曷云其還，歲聿云莫；

念我獨兮，我事孔庶；
心之憂矣，憚我不暇；
念彼共人，睠睠懷顧；
豈不懷歸，畏此譴怒。

昔我往矣，日月方奧；
曷云其還，政事愈蹙；
歲聿雲莫，采蕭穫菽；
心之憂矣，自詒伊戚；
念彼共人，興言出宿；
豈不懷歸，畏此反覆。

嗟爾君子，無恆安處；

靖共爾位，正直是與；
神之聽之，式穀以女。

嗟爾君子，無恆安息；
靖共爾位，好是正直；
神之聽之，介爾景福。

艽：音同「求」　睠：音同「倦」

〈頌　商頌〉

玄鳥

天命玄鳥，降而生商，
宅殷土芒芒。

古帝命武湯，正域彼四方；
方命厥后，奄有九有。

商之先后，受命不殆，
在武丁孫子。
武丁孫子，武王靡不勝。

龍旂十乘，大糦是承；
邦畿千里，維民所止；
肇域彼四海。

四海來假，來假祁祁；
景員維河，殷受命咸宜；
百祿是何。

糦：音同「西」

中國傳統經典選讀2

唱了三千年的民歌 詩經

2023年5月二版　　定價：新臺幣350元

著　者　楊　照
叢書編輯　陳逸達
整體設計　江宜蔚

出版者　聯經出版事業股份有限公司
地址　新北市汐止區大同路一段369號1樓
叢書主編電話　(02)86925588轉5305
台北聯經書房　台北市新生南路三段94號
電話　(02)23620308
郵政劃撥帳戶第0100559-3號
郵撥電話　(02)23620308
印刷者　文聯彩色製版印刷有限公司
總經銷　聯合發行股份有限公司
發行所　新北市新店區寶橋路235巷6弄6號2F
電話　(02)29178022

副總編輯　陳逸華
總編輯　涂豐恩
總經理　陳芝宇
社長　羅國俊
發行人　林載爵

行政院新聞局出版事業登記證局版臺業字第0130號

本書如有缺頁，破損，倒裝請寄回台北聯經書房更換。　ISBN 978-957-08-6900-2 (平裝)
聯經網址 http://www.linkingbooks.com.tw
電子信箱 e-mail:linking@udngroup.com

國家圖書館出版品預行編目資料

唱了三千年的民歌　詩經/楊照著．二版．新北市．聯經．
2023.05．192面．13.5×21公分．（中國傳統經典選讀：2）
ISBN　978-957-08-6900-2（平裝）
[2023年5月二版]

1. CST：詩經　2. CST：研究考訂

831.18　　112005856